美しい脚線美、慎ましくも自己
さらに上気した頬、力なく垂れた
クトだ。
仕事着であるはずの
メイド服のスカートを短くし、
胸元に余裕を持たせるという暴挙。
だが、そこがいい」
クロの戦記3
異世界転移した僕が最強なのは
ベッドの上だけのようです

クロノ
武勲を立て、エラキス侯爵となった少年。
ティリアに誘われて王都へ向かう。
ティリア
ケフェウス帝国皇女。
クロノを友人だと思っており、
舞踏会への招待状を送りつける。
「そう、だな。
もう少しお前と踊っていたいな」

レオンハルト・パラティウム
公爵家の嫡男にして『聖騎士』の異名を持つ
第一近衛騎士団の団長。クロノがライバル視する相手。
リオ・ケイロン
弓術を得意とする第九近衛騎士団の団長。
クロノに興味を覚え、迫ってくる。

「こんな真っ昼間からするのかい？」

クロノは女将の背後に回り込んだ。

服の下に手を滑り込ませ、豊かな胸に触れる。

重量感と柔らかさを併せ持つ見事な胸だ。

力を込めると指が沈み込んだ。

クロの戦記3

異世界転移した僕が最強なのは
ベッドの上だけのようです

サイトウアユム

HJ文庫
874

口絵・本文イラスト　むつみまさと

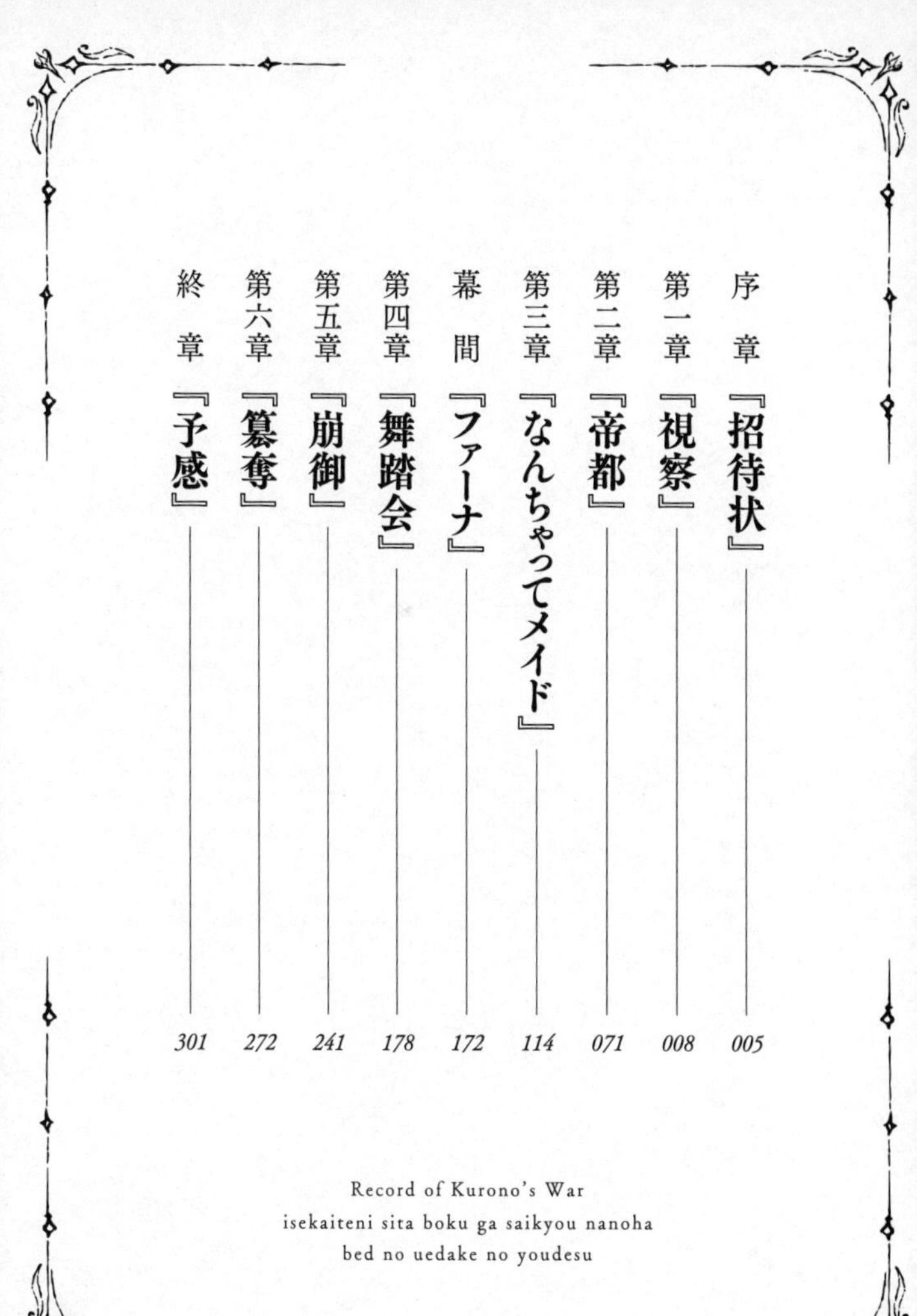

Record of Kurono's War
isekaiteni sita boku ga saikyou nanoha
bed no uedake no youdesu

序章『招待状』

帝国暦四三〇年十月下旬――クロノは書類に署名し、署名済みの書類の上に重ねた。
新しい書類を手に取り、ミスがないかを確認する。どうやらミスはないようだ。
書類は露店の営業許可に関するものだ。ミスをしても取り返しは利く。
だから、ミスをしてもいい――ということにはならない。新しい制度ならば尚更だ。
クロノは領主になり、真っ先に減税を実施した。五月下旬のことだ。
その結果、農村では農作物が余り、農民はそれらを金に換える手段を求めた。
そこで露店の営業を許可制に切り替えたのだ。といっても手続きは簡単だ。
申請書を書き、一定金額を納めれば一年間こちらが指定した場所で営業できる。
査定も奴隷売買や娼館の営業許可に比べて格段に緩い。
もちろん、善意からではない。ハードルが低ければ希望者が増えると考えたのだ。
物が集まれば人が集まる。人が集まれば金も集まる。最終的にはクロノの懐が潤う。
商売が身近なものになれば徴税を金納に切り替えやすくなるはずという思惑もあった。

あくまで思惑だ。現時点ではこうなればいいという程度のものでしかない。

「……これが終わったらどうしようかな」

書類に署名して手を休める。書類はまだまだあるが、昼までには処理できるだろう。

「昼食を食べたら視察に行こうかな」

クロノは小さく呟いた。街の様子が気になるし、開拓や新兵舎建設の進捗も気になる。

よし、午後は視察に行こう。そう考えた直後、扉を叩く音が響いた。絶妙な力加減だ。

この叩き方はアリッサだろう。クロノは居住まいを正した。

「どうぞ！」

「失礼いたします」

声を張り上げると、扉が静かに開いた。アリッサが恭しく一礼して入室する。

「旦那様、帝都から書簡が届きました」

「持ってきて」

「かしこまりました」

アリッサはしずしずとクロノに歩み寄り、一礼すると書簡を机の上に置いた。

クロノが書簡を手に取ると、無言で距離を取る。文面を見ないようにという配慮だ。

その気遣いがくすぐったく、ひとかどの人物になったような気分になる。

もちろん、錯覚だ。領主になっただけで自分の中身は変わっていないのだ。

調子に乗らないようにしなければ、とクロノは紐を解き、書簡に目を通す。

長々と文章が書かれているが、要約すれば舞踏会を開催するのでお越し下さいとなる。

「どうやら、舞踏会をやるみたいだ」

「……はい」

アリッサは少しだけ間を置いて相槌を打った。何と答えるべきか迷ったのだろう。

「久しぶりに父さんに会いたいし、参加しようかな」

「旦那様の御心のままに」

アリッサが静かに頷く。ふとあることに気付く。帝都に行くのは決定事項として――。

「護衛は何人くらい連れて行けばいいと思う？」

「申し訳ございません。私には分かりかねます」

「謝らなくていいよ。昼食を食べたら視察に行くからケインに会えたら聞いてみる。アリッサは旅支度をよろしくね」

「承知いたしました」

アリッサは恭しく一礼すると執務室を出て行った。

第一章『視察』

「ふぅ、ごちそうさま」

クロノは昼食を食べ終えると背もたれに寄り掛かった。行儀が悪いかなと思うが、領主専用の食堂に非難する者はいない。そのはずだったが——。

「もう少し行儀よくしな」

女将は叱るように言い、装飾の施されたトレイの上に食器を重ねていく。

「人前ではちゃんとするよ」

「行儀や礼儀ってのは普段からちゃんとしておくものなんだよ」

「そうしないと人前で出るから？」

「なんだ、分かってるじゃないか。そういうことだからちゃんとしな、ちゃんと」

女将は立ち去ろうとしたが、何故か足を止めてクロノに向き直った。

「どうかしたの？」

「寂しそうな顔をしてたから気になったんだよ」

「そんな顔をしてたかな？」

クロノは頬に触れたが、自分では分からない。女将はトレイを置き、対面の席に座った。

「何か悩み事でもあるのかい？　それとも、嫌いな料理でもあったのかい？」

「悩み事はないし、嫌いな料理もなかったよ」

「そうかい？」

女将は訝しげに眉根を寄せたが、本当に悩みがないのだ。嫌いな料理もない。

「……そういえば」

「なんだ、やっぱり悩みがあるんじゃないか。で、どんな悩みだい？」

女将が身を乗り出す。豊かな胸がテーブルの上で形を変え、谷間がより深くなる。

「最近、女将がミニスカメイド服を着てないと思って」

「それは、ちょいと事情があるんだよ」

女将は口籠もりながら言った。どんな事情だろう。考えられる可能性は――。

「もしかして、年齢のことを言われたとか？」

「分かってるんなら言うんじゃないよ！」

女将は声を荒らげた。怒っているのか、恥ずかしいのか分からないが、顔が真っ赤だ。

「僕的には全然ありなんだけどな」

「そりゃ、どうも！」

女将は拗ねたように顔を背けた。しばらく黙り込んでいたが、チラリとこちらを見る。

「クロノ様的にはありなのかい？」

「さっきも言った通り、全然ありだよ」

「そ、そうかい？　けど、年齢を考えろって言われちまったからねぇ」

「気にしなくてもいいと思うけどな」

多分、エレナが言ったのだろう。もしくはアリデッドとデネブか。

「若い娘に言われると色々と考えちまうんだよ」

「じゃ、僕と一緒の時だけ着るのはどう？」

女将は虫でも見るような視線を向けてきた。どうやら提案が気に入らなかったようだ。

「それはクロノ様の部屋でって意味かい？」

「女将の部屋でも、厨房でも、二人きりになれるなら何処でもいいよ」

「勘弁しとくれよ」

「本気だって言ってくれたのに？」

「あれは……クロノ様が捨てられた子犬みたいな顔をするからつい言っちまったんだよ」

「あ～、女将が一緒にいてくれなくて寂しいな」

クロノはテーブルに突っ伏して女将の手を握った。すると、女将はびくっと震えた。

「そんなことを言っても駄目だよ」

駄目と言いながら女将は手を振り解こうとしない。見込みがない訳ではなさそうだ。

「もっと強引に攻めた方がいい？」

「な、何を言ってるんだい」

女将はそっぽを向いた。恥ずかしいのか、頬が朱に染まっている。クロノが手を離して立ち上がると、女将は『あ……』と小さく声を漏らした。名残惜しそうな声だ。それに気づいたのか、ますます顔を赤くして俯いてしまった。

初々しい反応だ。あまり経験がないのだろうか。いくつか思い当たる節があるが、そもそも頼る相手がいるのならクロノをパトロンにしようなんて思わないはずだ。まさかという思いはあるが、強引に攻めたら何処までいけるのかという好奇心が勝った。

クロノは女将の背後に回り込んだ。朱に染まった首筋が艶やかだ。肩に触れると、女将は体を震わせた。だが、それだけだ。抵抗はない。服の下に手を滑り込ませ、豊かな胸に触れる。重量感と柔らかさを併せ持つ見事な胸だ。力を込めると指が沈み込んだ。何処まで沈み込むのか。さらに力を込めると――。

「痛ッ！　ちょ、ちょいと止めとくれよ！」

クロノの手を叩くつもりか、女将が手を上げる。仕方がなく服から手を引き抜く。

「ったく、こんな昼間っから――ッ！」

女将は息を呑んだ。クロノが腋から手を伸ばして胸を鷲掴みにしたからだ。

女将はクロノの手を掴むが、その力は弱々しい。

「ちょいと本当に止めとくれよ」

「本当に止めて欲しいの？」

「――ッ！」

クロノが円を描くように手を動かすと、それに合わせて女将の手も動く。このまま行ける所まで行きたいが、午後は視察をすると決めてしまった。仕方がない。今夜の約束を取り付けて撤収することにしよう。尊敬される上司になりたいのだ。

「女将――」

「こんな真っ昼間からするのかい？」

「……うん、午後は特に予定もないし」

女将が上擦った声で言い、クロノは間を置いて頷いた。ごめん、僕は弱い男なんだ、と女将の胸を愛撫しながら心の中で部下に詫びる。

「だから、いいよね？」

「…………いい訳ないだろッ！」

そう叫んで、女将は立ち上がった。クロノから距離を取り、乱れた胸元を直す。

「危うく流されるところだったよ。クロノ様は領主なんだからしっかり仕事をしな」

「流されてくれてもよかったのに」

「あ、あたしは仕事に戻るからクロノ様もしっかり仕事をするんだよ！」

女将はトレイを手に取ると荒々しい足取りでその場を立ち去った。あと一押しだったのに、とクロノは溜息を吐きつつ食堂を出る。すると、レイラが廊下に立っていた。軍服ではなく、私服を着ている。以前、ピクス商会で買った服だ。

「どうかしたの？」

「え、あの、その……クロノ様のご予定は？」

「これから視察に行こうかと思って」

「では、お供させて下さい」

「いいの？　用事があったんじゃ……」

「急ぎの用ではありませんから。ご迷惑でしたら――」

「いや、迷惑じゃないよ」

レイラが悲しそうに目を伏せ、クロノは慌てて否定した。街のことはそれなりに知っているが、別の角度からの意見は重要だ。それにデートみたいで嬉しい。

「休みの日に連れ回すのは気が引けるんだけど、お願いできる？」

「はい、もちろんです」

レイラは嬉しそうに頷いてくれたが、いつか埋め合わせをするべきだろう。

「じゃ、行こうか」

「はい、よろしくお願いします」

クロノが歩き出すと、レイラも歩き出した。肩を並べて侯爵邸の廊下を進む。

「そういえば、アリデッドとデネブはどう？」

「どうとは？」

「ごめん。言葉足らずだった。ほら、兵士が補充されて、アリデッドとデネブを百人隊長に昇進させたでしょ？　ちゃんと百人隊長の仕事をしてるかなって」

「そうですね」

レイラはそれっきり黙り込んだ。気になって隣を見ると、難しそうに眉根を寄せていた。その表情を見ていると、二人が百人隊長の仕事をきちんとこなしているのか不安になる。

「あくまで個人の感想になりますが、要領よく隊長職を務めていると思います」

「確かに要領はよさそうだね」

何故か、要領よく仕事をこなす姿ではなく、サボっている姿が思い浮かぶが──。

「羨ましいです。私は要領がよくないので……」

「レイラはよくやってると思うよ」

「ありがとうございます」

レイラは弱々しい笑みを浮かべた。多分、社交辞令だと思っているのだろう。

だが、正直な感想だ。きちんと仕事をこなし、さらに勉強までこなしている。

「レイラには努力する才能があるよ、きっと」

「努力する才能ですか？」

レイラは困惑しているかのような口調で言った。

「努力するって大変なんだよね」

「努力するのは当たり前のことだと思うのですが……」

「そうだね。でも、当たり前のことをするのは難しいんだ」

軍学校にいた頃を思い出す。座学はともかく、実技系の科目は壊滅的だった。

努力はしたが、成果は殆どなく、同期生に馬鹿にされる日々が続いた。

税金で軍学校に通っている自覚がなければ心が折れていたに違いない。

クロノとレイラでは置かれている状況が違うが、努力を続けるのは大変なのだ。

「だから、レイラには努力する才能があるんだよ」

「ありがとうございます」

クロノ達は廊下を進む。程なくメイド達の楽しげな話し声が聞こえてきた。

「「クロノ様、お疲れ様です」」

「お疲れ様」

エルフとドワーフのメイドと挨拶を交わして擦れ違う。ニヤニヤ笑っていたのはレイラと一緒にいたからだろう。軍人あがりとはいえ、女性である。偏見かも知れないが、恋バナが好きなのだろう。隣を見ると、レイラは恥ずかしそうに俯いていた。

「シオンさんの勉強会はどうかな?」

「私とゴルディは参加していませんが、みんな真面目に勉強しているようです」

レイラは申し訳なさそうだ。勉強会に参加していないことを気にしているのだろう。だが、それは仕方がない。教えている内容が異なるし、これ以上はオーバーワークだ。

「アリデッドとデネブも?」

「はい、二人とも真面目に頑張っています」

「へ～、意外だな。あの二人はサボると思ったんだけど」

「多分、二人にも思う所があったのだと思います」

「真面目に勉強してくれるといいな～」

クロノはしみじみと呟いた。二人の場合、真面目に勉強している姿ではなく、授業そっちのけで話し込んでいる姿が思い浮かんでしまっていけない。

クロノ達はエントランスホールを抜け、玄関の扉を開けた。外に出ると、ゴルディの工房からは槌を打つ音が響き、紙工房からは湯気が立ち上っていた。二つの工房が順調に稼働していることに安堵感を覚える。そのまま視察に行こうとしたが――。

「もっとビシッと振るであります！」

フェイの声が聞こえたので足を止める。声のした方を見ると、花壇の近くでフェイと十歳くらいの少年――救貧院で保護している子でトニーという――が素振りをしていた。

「師匠、ビシッじゃ分からねぇよ。もっと詳しく説明してくれよ」

「もっと詳しくでありますか？」

トニーが素振りを中断して情けない声を出す。すると、フェイは手を休め、黙り込んだ。難しそうに眉根を寄せ、下唇を突き出している姿は愛嬌があった。

「ビシッでありますよ、ビシッ」

「全然、変わってねーよ」

トニーはうんざりしたような口調で言った。多分、一事が万事、この調子なのだろう。

「もっと丁寧な言葉を遣うであります！」

「……はぁ」

トニーが深々と溜息を吐くと、フェイの片眉が跳ね上がった。

流石に暴力を振るうことはないだろうが、好ましい事態にはなりそうにない。

「フェイ、今日も精が出るね」

「クロノ様！」

クロノがレイラを連れて歩み寄ると、フェイは背筋を伸ばして敬礼した。

右拳を左胸に置くケフェウス帝国軍式の敬礼だ。元近衛騎士だけあり、見事な敬礼だ。

「そういえばマシュとソフィは？」

「あの二人は……」

トニーと一緒に行動していた二人の名前を出すと、フェイは気まずそうに顔を背けた。

いい予感はしない。怪我をさせていなければいいのだが――。

「あの二人は……」

フェイはごにょごにょと呟いた。声が小さくて聞こえない。何と言ったのだろうか。

クロノはレイラを見た。彼女なら何を言ったか聞き取れたはずだ。

「あの二人は――」

「言っちゃ駄目であります！」

フェイに言葉を遮られ、レイラは問い掛けるような視線を向けてきた。

クロノが頷くと、レイラは頷き返した。

「あの二人はシオン殿に取られてしまったであります、と仰っていました」

「ああ！　なんで、言ってしまうでありますかッ？」

二人の弟子に逃げられた恥ずかしさからか、フェイは両手で顔を覆い、両膝を突いた。

「ああ、おしまいであります！」

「そんな世界の終わりが来たみたいな声を出さなくても」

「これで指導力を疑われてしまったであります！　出世の道が閉ざされてしまったであります！　ムリファイン家再興は夢のまた夢であります！」

「……清々しいほど自分勝手な台詞を」

もしかして、それが原因だったんじゃ？　とクロノはトニーに視線を向けた。

「師匠が自分勝手なのもあるかも知れないけど――」

「なんで、フォローしてくれないでありますか！」

フェイは立ち上がり、トニーの言葉を遮るように叫んだ。

「いや、だって、クロノ様は俺の上司になるかも知れない人じゃん。救貧院の運営費も出してくれてるし、そんな人に嘘は吐けねーよ」

「ライバル宣言でありますか！　今から下克上を画策するとは恐ろしい、恐ろしいであります！　私は鬼の子を弟子にしてしまったであります！」

フェイはトニーを見つめ、ぶるぶると体を震わせた。トニーは呆れ顔だ。

「二人とも勉強の方が好きみたいだし、仕方がねーよ」

「うぐぐ、剣の時代は終わったでありますか」

「でも、俺は剣術が好きだぜ。剣で身を立てるって格好いいじゃん」

「そうでありますよね！　格好いいでありますよね！　格好いいは正義でありますッ！」

フェイは口惜しげに呻いたが、トニーの言葉で元気を取り戻した。

「ですが、勉強も大事だと思います」

「く、クロノ様は武勲を立てて領主になったと聞いたであります」

「あれは……」

クロノは口籠もった。正直にいえば神聖アルゴ王国軍との戦いについて触れて欲しくない。作戦が間違っていたとは思わないが、感情的に折り合いがついていないのだ。

「あれは皆のお陰だよ。領主になれたのだって、ティリアの知り合いだったお陰だし」

「ティリア？　ああ、皇女殿下のことでありますね。しかし、どうやって皇女殿下と知り合ったのでありますか？」

「軍学校の同期だったんだよ。演習で勝ったら向こうが興味を持ってくれてさ」

「その時、剣術は役に立ったでありますか？」

「作戦で勝ったようなものだし、剣術はあまり役に立たなかったよ」

その作戦もティリアがもう少し用心深ければ通用しなかっただろう。

「俺、勉強も頑張るよ」

「そんな！」

「師匠、そんな泣きそうな顔をするなよ。剣術も頑張るからさ」

「そ、そうでありますね」

フェイはホッと息を吐いた。

「師匠はどうするんだ？」

「わ、私は剣で身を立てるでありますよ！　武勲を立てて、ムリファイン家の再興を成し遂げるのであります！　さぁ、素振りであります！」
一、二、一、二──、とフェイは素振りを再開したが、何度目かで木剣がすっぽ抜けた。
木剣は見事な放物線を描いて飛んで行き、石畳の上に落ちて乾いた音を立てた。

「あわわ、手からすっぽ抜けてしまったであります。クロノ様にこんな無様を見せてはおしまいであります。もうおしまいであります」

「師匠は精神も鍛えた方がいいと思うんだぜ」

顔面蒼白になるフェイを見ながらトニーは深々と溜息を吐いた。

「フェイが師匠でいいの？」

「俺まで弟子を辞めたら独りぼっちになっちゃうからさ。放っておけないよ、やっぱり」

クロノが尋ねると、トニーは溜息交じりに言った。随分とできた子どもだ。

親はなくとも子は育つというが、師匠がちょっと駄目でも弟子は育つようだ。

「じゃ、僕達は行くから。レイラ、行こう」

「はい、クロノ様」

クロノが正門に向かって歩き出すと、レイラがやや遅れて付いてきた。工房を見る。

紙工房ではなく、ゴルディの工房の方だ。そこではドワーフ達が働いているが――。

「どうかされたのですか？」

「ゴルディがいないなと思って」

「別の場所で働いているのではないでしょうか？」

「そうかも知れないね」

クロノは苦笑した。どうやら、レイラもゴルディが休んでいると考えていないようだ。

工房の稼働状況について知りたかったのだが、いないのであれば仕方がない。

工房の前を通り過ぎると、レイラが口を開いた。

「クロノ様、腕を組ませて頂いてもよろしいでしょうか？」

「いいよ」

「ありがとうございます」

レイラはホッと息を吐き、そっと腕を絡めてきた。柔らかな胸が腕に当たる。

幸せな感触に相好が崩れる。正門を出た時、レイラが再び口を開いた。

「あの作戦は正しかったと思います」

「——ッ！」

クロノは息を呑んだ。いや、驚くようなことではないか。レイラは聡い娘だ。

口籠もった姿を見て、何を考えているのか想像できるはずだ。

「クロノ様が気に病む必要はありません」

「……そういう訳にはいかないよ」

クロノは何とか言葉を絞り出した。責任を投げ出すことはしないと決めたのだ。

ただ一つだけ心配なことがあるとすれば——。

「クロノ様？」

「ごめん。でも、大丈夫」

クロノは微笑んだ。自分は不誠実な男だと改めて思う。レイラは尽くしてくれている。なのに自分は責任を押し付けようとしたことを知られたくないと思っているのだ。

そんなことを考えていると——。

「旦那様！」

可愛らしい声に足を止める。声のした方を見ると、女の子が駆けてくる所だった。アリッサの娘アリスンだ。アリスンはクロノの前で立ち止まった。初めて出会った時と違い、清潔感のある格好をしている。もちろん、髪はよく手入れがされている。

「やあ、アリスン。元気かい？」

「はい、旦那様のお陰です」

アリスンは元気よく答えた。相変わらず、礼儀正しい。

「今は私塾に通ってるんだっけ？」

「……はい」

アリスンは表情を曇らせた。何かあったのだろうか。もしや、苛められているのか。

心臓を鷲掴みにされたような衝撃を覚えたが、ここはクールに対応すべきだ。

「し、私塾で何かあったの？」

「いえ、その、私は勉強があまり得意じゃないみたいで……申し訳ありません。折角、旦那様のお陰で私塾に通えるようになったのに」

アリスンは今にも泣きそうな顔をしているが、クロノは内心胸を撫で下ろした。

「謝る必要なんてないよ」

クロノが目配せすると、レイラは小さく頷いて腕を離した。

アリスンに歩み寄り、視線を合わせるために片膝を突く。

「旦那様、お召し物が！」

「気にしなくていいから。こっちを見て」

「……はい」

アリスンは伏し目がちに視線を向けてきた。その瞳に宿るのは怯えだろうか。

クロノが領主ということもあるだろうが、母親──アリッサへの負い目もあるはずだ。

「どうして、勉強があまり得意じゃないと思うんだい？」

「他の子みたいにできないからです」

「それは仕方がないよ。だって、私塾に通い始めたばかりじゃない」

「で、ですが、私は成果を出すべきだと思います」

「どうして、そう思うの？」

「それは……旦那様のお役に立ちたいからです」

アリスンはごにょごにょと言った。恥ずかしいのか、真っ赤になっている。

「ありがとう。嬉しいよ」

「い、いえ！　旦那様には救って頂いたので当然です！」

クロノが微笑みかけると、アリスンはさらに顔を赤らめた。耳まで真っ赤だ。

本音をいえば、こんな小さい内から目的を定めていいのかなという気もする。

だが、アリスンが決めたことならば尊重すべきだろう。ただ——。

「そんなに急がなくてもいいよ。一つ一つ目の前の課題をクリアしていこう」

「わ、私は早く旦那様のお役に立ちたいんです」

「そんなに焦らなくても大丈夫だよ」

「あ、旦那様」

クロノが頭を撫でると、アリスンは小さく声を上げた。やはり、顔は真っ赤だ。

「ちゃんと待ってるから」

「約束して頂けますか？」

「もちろん、約束するよ」

「ありがとうございます。でも、今のままでは何年掛かるか」

いくぶん表情が和らいだものの、不安を払拭できていないようだ。

「アリスンは勉強が嫌い？」

「嫌いではありません」

「ならよかった。好きこそ物の上手なれって言ってね。好きなことは熱中できるから上達が早いんだ。だから、大丈夫だよ」

「そう、ですね。分かりました」

アリスンは小さく微笑んだ。可愛らしい笑みだ。五年後なら危なかった。

「ところで……」

「何でしょうか？」

「塀の陰からシロとハイイロがこっちを見てるんだけど？」

「シロ？　ハイイロ？」

アリスンは呟き、振り返った。視線の先にはシロとハイイロの姿があった。

塀の陰からこちらを見ている。軍服姿なので非番ではないはずだが——。

「ワンちゃん！」

「ワンちゃん？」

二人は狼の獣人では？　と思いながら立ち上がって二人を見る。

クロノと目が合うと、二人は少し気まずそうにこちらに近づいてきた。

「えっと、知り合いなの？」

「はい、お花を売っている頃からの友達です」

「そうなんだ」

狭い街のこととはいえ、人には意外な繋がりがあるものだ。

「二人とも、どうして塀の陰から見てたの？」

「アリスン、しょんぼりしてた」

「俺達、心配で追ってきた」

クロノはしげしげと二人を見つめた。二人もアリスンを友達と思っているようだ。

「ワンちゃん、私は大丈夫だよ」

「よかった。何かあれば、相談、乗る」

「俺達、友達」

アリスンはそっと歩み出て、二人を抱き締めた。

※

クロノはレイラと腕を組んで商業区を歩く。帝国有数の商会が支店を構えるエリアだけあって洗練された街並みが広がっている。

「ここは問題な——」

「「クロノ様、発見みたいな！」」

聞き慣れた声がクロノの言葉を遮った。肩越しに背後を見ると、アリデッドとデネブがこちらに突進してくる所だった。

「レイラとデートだなんてクロノ様も隅に置けないし！」

「でも、ちょっとでいいからあたしらにも構って欲しいみたいな！」

アリデッドとデネブはクロノ達の前に回り込むと歌舞伎役者のようなポーズを取った。

「二人が商業区にいるなんて珍しいね。何か用があったの？」

「よくぞ、聞いてくれましたみたいな！」

「なんで、聞いてしまいますかみたいな！」

二人の意見が分かれた。痛々しい沈黙が舞い降りる。

「「……」」

二人は黙り込み、目だけを動かしてお互いの姿を確認する。

「ピクス商会で買い物みたいな！」

「それに付き合わされたみたいな！」

「へ～、何を買ったの？」

「こちらみたいな！」

一方が本を取り出した。革の装丁が施された分厚い本だ。タイトルは書かれていない。

興味を引かれたのか、レイラが口を開いた。

「どんな本なのですか？」

「今はどんな本でもないし」

「これから決まるみたいな」

二人がクイズのようなことを言い、レイラは訝しげに眉根を寄せた。

「つまり、何も書いてない本ってこと？」

「その通りだし！」

アリデッドとデネブはパチパチと手を叩いた。

「勉強を始めたばかり――」

「将来の目標だし」

「レイラ、それは言わない約束みたいな」

本を持っている方が胸を張って言い、何も持っていない方は溜息交じりに言った。

本を持っている方がアリデッドで、何も持っていない方がデネブだろうか。

「……二人とも」

「何か用みたいな？」

クロノが手招きすると、二人は無警戒に近づいてきた。

「耳を撫でてあげよう」

「どうぞみたいな」

本を持っている方がこちらに尖った耳を向ける。撫でると、くすぐったそうに笑った。

「次はあたしみたいな！」

「よしよし」

本を持っていない方の耳を撫でると、瞳が潤んだ。これで分かった。本を持っている方がアリデッドで、持っていない方がデネブだ。商業区で出会ってからの遣り取りを思い出す。どうもアリデッドが先に話し、デネブが追従するというルールのようだ。

「じゃ、あたしらは勉強会までダラダラするみたいな」

「お邪魔虫は退散みたいな」

そう言って、二人はその場から立ち去った。空気を読んでくれたのだろうか。

「行こうか」

「……はい」

レイラは少しだけ間を置いて答えた。

※

商業区を抜けた先は広場だ。恐らく商業区と居住区の緩衝地帯として作られたのだろう。広場には露店が並び、芳ばしい匂いが漂っている。露店で売っている料理の匂いだ。クロノは鼻をひくつかせた。腐敗臭はしない。季節的なこともあるはずだが、ゴミ捨てに関する施策が上手くいっているのだろう。いや、それは楽観的過ぎるか。レイラと腕を組みながら居住区に向かう。

「レイラ、ゴミ捨てに関する施策は上手くいってる？」

「かなりルールが浸透したらしく、以前ほど注意をしなくて済むようになりました」

「まだルールを守らない人がいるんだ」

「クロノ様が領主に就任されるまでルール自体がありませんでしたから」

「ルールが浸透するまでレイラ達に頑張ってもらわないといけないけど、よろしくね」

「お任せ下さい」

レイラが誇らしげに言い、クロノは自分の思い上がりを反省する。ゴミ捨てにルールを設けたから腐敗臭が薄くなったのではない。レイラ達の地道な活動が実を結んだのだ。

広場を横切り、居住区を進む。そこには木や煉瓦で作られた家々が並んでいる。商業区とは比べものにならないほど雑然としているが、クロノはこちらの方が好きだ。遊び回っている子どもや井戸端会議をしている女性を見ると落ち着くのだ。

「救貧院の視察はどうされますか？」

「一応、見て――」

「新しい仕事が入ったよ！」

威勢のよい声がクロノの言葉を遮る。声は救貧院の方から聞こえた。声のした方を見ると、一人の女性が救貧院の前に立っていた。救貧院の職員だ。職員の前には仕事を求めてやって来た男達が、背後には机に向かうシオンがいた。

「今回の仕事は領主様の仕事だ！　新兵舎建設ッ！　報酬は日給銀貨三枚だ！　きつい仕事だけど、体力に自信のあるヤツはチャンスだよ！　体力に自信がなけりゃゴミの収集の仕事があるよ！　こっちは銀貨二枚だ！」

「新兵舎建設の仕事がしたい！」

「は、はい！　建設の仕事ですね！　どうぞ、こちらに！」

男が机の前に立ち、シオンが羽根ペンを動かす。

「俺はゴミの収集だ！」

「はい！　ゴミの収集ですね！　少々、お待ち下さい！」

俺も、俺も、と男達がシオンに殺到する。挨拶をしていきたかったが――。

「どうされますか？」

「忙しそうだから止めておこう」

はい、とレイラが頷き、クロノ達は足早に救貧院の前を通り過ぎた。さらに進むと、女将の店が見えてきた。いや、元女将の店か。今はクロノの元部下が店主として店を切り盛りし、部下達の憩いの場となっている。

店の前を通り過ぎる。用もないのに店に立ち寄ったら迷惑を掛けるだけだ。お見舞いで自分が歓迎されざる客だと学んだのだ。いよいよ街の外縁部という所でレイラがクロノから離れた。思わず立ち止まる。

「レイラ？」

「申し訳ございません。外縁部は治安がまだ悪いので護衛の任務に専念します」

レイラが表情を引き締めて言い、クロノは腰から提げた剣に触れた。

僕が守るよみたいな台詞を口にしたいが、自分が弱いことはよ～く分かっているのだ。

「景気がよくなれば治安がよくなるかな」

「分かりません。ですが、景気がよくなっても一定数の犯罪者は出ると思います」

「そうだね」

クロノは日本にいた頃を思い出す。日本は豊かな国だったが、それでも犯罪はあった。

犯罪を根絶するなど不可能だ。だからといって、諦める訳にもいかない。

全てを救うことはできないにしてもクロノは領主なのだ。領地を豊かにする義務がある。

レイラが歩き出し、クロノはその後に続いた。幸い、強盗には出くわさなかった。

そして、城門に辿り着く。城門ではレオが部下と共に幌馬車をチェックしていた。

危険なマジックアイテムなどがないか確認しているのだ。

恰幅のよい男——恐らく行商人だろう——が小さな革袋を差し出す。賄賂だ。

レオは首を左右に振ったが、男はしつこく革袋を渡そうとする。

いい加減にうんざりしたのか、レオは威嚇するように牙を剥き出した。

そこでようやく賄賂が通じないと理解したらしく男は革袋を懐に収めた。

しばらくして幌馬車が動き出した。後続の馬車がいないことを確認して声を掛ける。

「お疲れ様」

「はッ、クロノ様」

レオが背筋を伸ばして敬礼し、部下達がそれに続く。

「楽にしていいよ」

「はッ」

レオ達は敬礼を解いた。

「見てたよ。賄賂を渡そうとする商人って結構いるの？」

「ずっと断り続けているからな。そういう真似をする商人は少なくなった」

「お疲れ様」

クロノは改めて労いの言葉を掛けた。部下が頑張っているから領地がよくなっている。

自分は彼らに恥じない上司にならなければならない。

「クロノ様は視察か？」

「うん、開拓と新兵舎建設の進捗状況を確かめておこうと思ってさ」

「そうか。できれば練兵場も視察できないか？」

「練兵場？」

「ミノ副官が新兵どもをしごいている」

「迷惑じゃないかな？　その、何かできるって訳でもないし」

「クロノ様はご覧になるだけでいい。それだけで励みになる」

「だといいんだけど」

クロノが苦笑すると、レオは牙を剥き出した。多分、笑っているのだろう。

それにしてもレオが新兵の心配をするとは。意外に面倒見がいいのかも知れない。

「じゃ、僕達は視察を続けるね」

「俺もここで自分の仕事をこなす。レイラ、頼んだぞ」

「もちろんです」

レイラが歩き出し、クロノは後を追った。城門を出ると、荒野が広がっている。そこで立ち止まる。城壁に沿って北に進めば新兵舎の建設現場と練兵場、南に進めば開拓地だ。

「どちらから視察しますか？」

「新兵舎と練兵場かな？」

「分かりました」

クロノ達は城壁に沿って北に進む。すぐに地面に掘られた穴が見えてきた。男達が泥と汗に塗れて作業に勤しんでいた。シルバもいる。彼は現場監督として働いている。問題なければ大きな仕事を任せる予定だ。

どんな仕事を任せるか考えていると、レイラが口を開いた。

「街が溢れ出したようですね」

「……そうだね」

クロノの目には巨大な穴にしか見えないが、レイラの目には完成した新兵舎の姿が見えているのだろう。実際、かなり大きくなるのは確かだ。

「この後はどうするのですか？」

「穴を掘り終えたら砂利を敷き詰めてコンクリートを流し込むらしいよ」

「コンクリートを」

クロノは神妙な面持ちで頷くレイラを横目に見ながら内心胸を撫で下ろした。

シルバに話を聞いていなければ答えられなかった。

それにしてもコンクリートがあるとは思わなかったな、とクロノは城壁を見上げた。

今まで考えたこともなかったが、この世界ではコンクリートが使われているそうだ。

それも大昔から橋や城の基礎に使われていたというから驚きだ。

「新兵舎が完成したらゆったりと過ごせるようになるよ」

「はい、私もそう思います」

レイラは小さく頷いた。今の兵舎では副官であるミノが一人部屋、レイラ達——百人隊長が二人部屋、役職のない一般兵が六人部屋だ。役職で待遇が変わるのは仕方がないにしても一般兵もリラックスできるようにしたかった。新兵舎が完成したら今の兵舎を改築するのもいいだろう。

「次は練兵場だね」

はい、とレイラが頷く。クロノ達は城壁沿いに北に進む。すぐに練兵場が見えてきた。

おや、とクロノは目を見開いた。練兵場がアスレチックのようになっていたのだ。

そこを新兵が泥塗れになりながら走っていた。

「いつの間に」

「新兵を訓練するために作りました」

レイラが少しだけ誇らしげに言った。態度から察するに手作りなのだろう。

確かによく見ると、木材の接合部に手作り感を感じさせる。高さも異様にある。

安全なのだろうか。そんな気持ちが伝わったのか、レイラがこちらを見た。

「どうかされましたか？」

「あれって、安全なの？」

「危険です」

答えはシンプルだった。ぴゅ〜るりと風が吹いた。冷たく、乾いた風だった。

「大丈夫なのかな？」

「下手な落ち方をすると死にます」

「誰か死んだの？」

「いえ、下手な落ち方をすれば命に関わるということです。死者は出ていません、まだ」

「よ、よかった」

クロノは胸を撫で下ろした。剣呑な言葉を聞いたような気もするが、気のせいだ。

レイラは『まだ』なんて言っていない。彼女は心優しい女性なのだ。

「み、ミノさんに会いに行こう」

「ミノ副官は中央で監督しています」

「あ、確かに」

練兵場の中央でミノが声を張り上げている。きっと、新兵を励ましているに違いない。

クロノ達はミノの下に向かった。近づくにつれてミノの声が明瞭になる。

「辛そうな顔をして走るんじゃねぇッ！　苦しそうにしてりゃ手加減をしてもらえると思っているのかッ？　残念だが、俺はそんな甘っちょろい男じゃねぇ！　俺の仕事はお前達の中から見込みのないクズを間引くことだ！　間引かれたくなけりゃ走れ走れ！」

ミノは新兵達を罵倒していた。実に滑らかな罵倒だ。

「み、ミノさん？」

「大将、どうしやした？」

　クロノが上擦った声で名前を呼ぶと、ミノはいつもと変わらぬ口調で答えた。

「今のは？」

「恥ずかしい所をご覧に入れやした。補充兵ども……殆どは新兵なんですがね。娑婆っ気が抜けてないんで再教育してた所でさ」

　クロノは視線を巡らせた。補充兵——新兵はふらふらしている。

「ふらふらしてるんだけど？」

「ぶっ続けで走らせてやすからね。おらッ！　立ち止まるなッ！」

　突然、ミノが荒々しい口調で叫んだので、クロノはびくっとしてしまった。

「すいやせん」

「休憩を取らせなくて大丈夫なの？」

「加減は心得てるんで大丈夫でさ」

　ドサッという音が響き、振り返ると新兵が倒れていた。

「倒れてるんですけど！」

「あれはクロノ様が見に来たんで甘えてるんでさ。リザド、水をぶっ掛けてやれ！」

「………………了解」

　ミノが叫ぶと、リザドが桶を持って新兵に駆け寄った。気のせいか、動きが鈍い。爬虫類だけに寒さに弱いのだろう。リザドが水をぶっ掛けると、新兵は飛び上がり、走り出した。再びドサッという音が響いた。振り返ると、ミノタウロスが倒れていた。

「ああ、限界だ。おら、もう走れねぇだ」

「……ホルスか」

クロノは顔を顰めた。ホルスはチラチラとこちらを見ている。期待に満ちた目だ。

「リザド、水をぶっ掛けて」

「そ、そんな！　クロノ様までそっただこと言うだかッ？」

「走るのと水をぶっ掛けられるの、どっちがいい？」

「そんな虫を見るみたいな目で見るなんてあんまりだ！」

水を掛けられたくなかったのだろう。ホルスは立ち上がって再び走り始めた。

「大将、見事な指導でしたぜ」

「娑婆っ気が抜けるまで走らせて」

「もちろんでさ」

クロノは小さく溜息を吐き、改めて視線を巡らせた。

「……スノウは大丈夫かな？」

「元気に走り回ってやすぜ」

何処だろう、とクロノは視線を巡らせた。すると――。

「クロノ様！」

スノウが五メートルほどある壁の上で手を振っていた。

「危ない！　危ないッ！」

「心配しすぎでさ」

ミノの言葉通り、スノウは危うげなく壁を下りると駆け出した。心臓によくない。

「レイラの子が心配ですかい？」

「ミノ副官！」

ミノの言葉にレイラが叫ぶ。フェイに絞め落とされた時のことを言っているのだろう。

「こいつは申し訳ねぇ」

「もう言わないで下さい」

レイラは窘めるように言った。こういう彼女も可愛いと思う。

「ところで、大将は何しに来たんで？」

「訓練を見学しておこうと思ってさ。なかなかハードな訓練だね」

「多少はきつめにしてやすが、所詮は訓練でさ。盗賊でも出てくれりゃ――」

ミノが剣呑なことを言ったので、クロノは聞こえなかったふりをした。

「まあ、ほどほどにね」

「もちろん、死なせるようなヘマはしやせん。新兵は生かさず、殺さずが基本でさ」

「う、うん、任せたよ」

誰も死にませんように、と心の中で祈りを捧げ、練兵場を後にした。

※

クロノとレイラは城壁に沿って南——開拓地に向かった。突然、視界が開ける。

レイラが感心したように言い、クロノは頷いた。ここは荒野だった。草が生い茂り、灌木が生え、一抱えもある岩が転がるそんな場所だった。開拓を開始してから一ヶ月も経っていないにもかかわらず、畑が出現していた。紙の原材料となる木を栽培する畑だ。

「すごいです、クロノ様」

「僕もこれほどとは思わなかったよ」

さらにその隣では開墾が進められていた。十人ほどが草刈り、石拾いに従事している。馬を使って地面を掘り起こす者もいた。レイラがクロノを庇うように前に出る。木箱を抱えた男が近づいてきたのだ。俯き加減で顔はよく見えない。男が顔を上げる。たっぷりと髭を蓄えたその男は――。

「ゴルディ？」

「おおッ！　クロノ様ではありませんか！」

木箱を抱えた男――ゴルディはガチャガチャと音を立てながら近づいてきた。

安心したのか、レイラが息を吐く。

「工房にいなかったから休みかと思ったよ」

「今日は農具の調子を確かめてましてな」

ゴルディが木箱を差し出してきたので覗き込む。すると、鎌などの農具が見えた。

農具はゴルディの工房で作られたものだ。他にも色々なものを作らせている。

技術開発のため、ひいては自分の領地を豊かにするためだ。

「評判は？」

「よく切れて使いやすいと好評ですぞ」

ただ、とゴルディは木箱を見下ろした。よく見れば刃こぼれしている。酷使した結果だ。

「切れ味と耐久力の兼ね合いが今後の課題ですな」

「頼りにしてるよ。まあ、それくらいしか言えないんだけどさ」

「その一言で十分ですぞ。では、私は工房に戻りますぞ」

ゴルディは朗らかに笑い、クロノの脇を通り抜けた。

「あ！　ゴルディ！」

「何ですかな？」

ゴルディは立ち止まり、クロノに向き直った。

「実は……舞踏会の招待状が届いたんだ」

「なるほど、それでは箱馬車が必要になりますな」

ふむふむ、とゴルディは頷いた。

「箱馬車ってあったっけ？」

「前のエラキス侯爵が使っていた箱馬車がありますぞ」

よかった、とクロノは胸を撫で下ろした。

「使えるかな？」

「使えないなら使えるようにするのが鍛冶師というものですぞ」

ゴルディは任せろと言わんばかりに胸を張った。

「まさか、こんなに早く箱馬車に改良を施せる日が来るとは思いませんでしたな」

「水を差すようで悪いんだけど、出発まで間がないし、箱馬車の改良は難しいと思うよ」

「見くびってもらっては困りますな。顧客の要望に答えるのが優れた鍛冶師ですぞ」

「僕は無事にハシェルと帝都を往復できればそれでいいと思ってるんだけど」

「ははは、クロノ様は冗談が上手ですな」

ゴルディはクロノの言葉を笑い飛ばした。

「じゃ、頼める？」

「必ず期日に間に合わせてみせますぞ」

「よろしく」

「では、私は工房に戻りますぞ」

そう言って、ゴルディは走り出した。鈍重そうな外見に似合わず足が速い。あっという間に見えなくなってしまった。レイラを見るとしょんぼりとしていた。

「……帝都に行かれるのですね」

「ごめん。最初に説明しておけばよかった。実は舞踏会の招待状が来たんだ」

「そう、ですか。どれくらいお会いできないのでしょうか？」

「帝都に長くいるつもりはないけど、二十日くらいかな？」

「二十日も」

レイラは悲しげな表情を浮かべた。目が潤んでいる。通常、ハシェルから帝都まで一週間ほど掛かる。あくまで通常——何事もなければの話だ。馬車の旅にはトラブルが付き物なので往復二十日は掛かると考えた方が無難だ。

「一緒に帝都に行かない？」

「いえ、それは……」

レイラは口籠もった。恐らく、公私混同になると考えているのだろう。舞踏会に招待されていることを打ち明けていればスムーズに話が進んでいたのに間違えてしまった。

※

クロノ達が侯爵邸に戻ると、ケイン達が井戸の近くで談笑していた。盗賊あがりだけあって人相が悪いが、仕事ぶりは真面目らしい。

ケインはクロノ達の存在に気付くと会話を中断してこちらに向かってきた。

「クロノ様が俺に用があるって聞いたんだが？」

「ケインにちょっと聞きたいことがあってさ。実は帝都から舞踏会の招待状が来たんだ」

「はは～、騎兵隊から何人引き抜けるかってことだな」

ケインは顎を撫でながら言った。

「話が早くて助かるよ。それで、何人くらいなら大丈夫？」

「そうだな」

ケインは思案するように腕を組み、一瞬だけクロノから視線を逸らした。

「五人って所だな。心許ないかも知れねぇが、間道を使うんでなけりゃ十分な人数だ」

「人選は？」

「フェイは決まりだな。あと四人は適当に決めるさ」

「大丈夫なの？」

クロノが思わず問い掛けると、ケインは苦笑した。

「ああ見えてもフェイは手練れだぜ？」

「それは身を以て味わったよ」

クロノはフェイに絞め落とされた時のことを思い出して首を押さえた。

「ケインから見てどうなの？」

「剣術の腕じゃ敵わねぇな」

ケインは素直に認めた。意外に高くフェイを評価しているようだが——。

「剣術以外なら？」

「傭兵流でよけりゃ十回中九回は勝ってみせるぜ」

ケインは先程と同じように答えた。実にあっさりとした口調だ。互いの実力を理解した上で勝てると言っているのだろう。経験豊富な傭兵ならではの台詞だ。

「フェイを推薦する理由は？」

「将来、他所の大隊と協力することになった時、平民が騎兵隊長じゃ締まらねぇからな」

「僕は気にしないけど？」

「クロノ様はそうでも世の中にはそういうことを気にするヤツが多いんだよ」

「その時のためにフェイを育てたいってこと？」

「まあ、そういうことだな」

ケインは軽く肩を竦めた。本当だろうか。フェイが育ったら『俺の仕事はおしまいだ』と言って夕陽の荒野に消えそうだが、それを指摘しても否定されるだけだろう。

「他の四人は大丈夫なの？」

「そこは安心してくれ。フェイを育ててくって意見が一致してるからな。まあ、できるだけお行儀がよくて面倒見のいいヤツを選ぶさ」

だが、とケインは続けた。

「もう一人くらい欲しいな」

「さっきは五人で十分って言ったのに」

「フェイをサポートしながらだからな。保険が欲しいんだよ」

「まあ、そうだね」

「そこで、だ。俺としてはレイラ嬢ちゃんに護衛を頼みてぇんだが……」

「私ですか？」

レイラは驚いたように目を見開いた。さっきクロノから視線を逸らしたが、その時にレイラの表情から状況を察したのだろう。流石、気遣いのできる男だ。

「ですが、私は……」

「俺もちょいと難しい立ち位置にいるってのは分かってるんだが、護衛の仕事ってのは守りゃいいってもんじゃねーんだ。護衛対象の健康も気遣わないといけねぇ」

「それならば私でなくても……」

「帝都には着いたが、体調を崩しましたじゃ話にならねぇ。俺が見た限り、レイラ嬢ちゃんが一番打ち解けてるからな。俺を助けると思って護衛に付いてくれねぇか？」

「クロノ様？」

ケインが頭を下げると、レイラは助けを求めるようにこちらに視線を向けた。

「僕としては問題ないよ」

「でしたら護衛の任を引き受けたいと思います」

「そりゃよかった。断られたらどうしようかと思ったぜ」

ケインは顔を上げ、胸を撫(な)で下(お)ろした。演技だと思うが、不自然には感じられない。

「ミノには俺から伝えておく」

「いいの？」

「俺から伝えた方が角が立たねぇだろ？」

「まあ、そうかも」

確かにケインが伝える方が説得力があるような気がする。

「じゃ、俺は行くぜ。お前ら、いつまでもくっちゃべってないで、宿舎に戻ってミーティングの準備をしておけ！」

「うーすッ！」

ケインが踵(きびす)を返して叫ぶと、彼の部下達は雑談を止めて移動を開始した。そのタイミングを計っていたように玄関(げんかん)の扉(とびら)が開き、アリッサが出てきた。しずしずと歩み寄り、クロノに恭(うやうや)しく一礼する。

「旦那様(だんなさま)、お帰りなさいませ」

「アリッサ、ありがとう」

クロノが礼を口にすると、アリッサはきょとんとした顔をした。

「ほら、護衛の件だよ。お陰(かげ)で話が捗(はかど)ったよ」

「いえ、メイドとして当然のことをしたまでです」

「旅支度のことなんだけど、レイラが護衛として参加するから」

「承知いたしました。レイラ様のドレスは如何なさいますか？」

「……うん、じゃあ、頼むよ」

クロノは少し迷った末に答えた。単純にレイラのドレス姿を見てみたかったのだ。

「待って下さい！」

「どうかしたの？」

「その、私は護衛です。護衛がドレスなんて、それに……会場に入れるかどうか」

レイラは伏し目がちになり、蚊の鳴くような声で言った。

「大丈夫だよ。入れてくれなかった時は帰るだけだし」

「それではクロノ様にご迷惑が――」

「文句を言ってきたらちゃんと言い返すから大丈夫だよ」

「……分かりました」

クロノが微笑みかけると、レイラは渋々という感じで頷いた。

「アリッサ、頼むね。ああ、できればドレスのチョイスも」

「承知いたしました」

アリッサは一礼すると踵を返した。彼女の姿が侯爵邸の中に消え、クロノはあることを思い出した。レイラに視線を向ける。

「そういえば用事があるって言ってたけど、どんな用だったの？」

「本を貸して頂きたくて」

「回り道させちゃったね」

「いえ、クロノ様と一緒にいられましたから。それにデートみたいで楽しかったです」

レイラは恥ずかしそうに俯いた。

※

夜――クロノが一人でベッドに横たわっていると、ドンドンという音が響いた。扉を叩(たた)く音だ。これほど荒々しく扉を叩く人物はティリアを除けば一人だけだ。体を起こしてベッドの縁(ふち)に座(すわ)る。音は激しさを増し、不意に途切(とぎ)れた。そして――。

「どうして、開けてくれないのよ！」

そんな声と共に扉が開いた。扉を開けたのはネグリジェ姿のエレナだ。

「何処まで音が大きくなるのか試(ため)そうと思って」

エレナは乱暴に扉を閉めるとこちらに近づいてきた。クロノの前に立ち、仁王立ちする。湯浴みをした後らしく髪の毛が湿っている。

「聞いたわよ。帝都で舞踏会が開かれるそうね」

「それで？」

「――ッ！」

クロノが尋ねると、エレナは柳眉を逆立てた。だが、怒ったり、喚いたりしない。慎ましい胸に手を当て、深呼吸を繰り返す。そして、意を決したように口を開いた。

「あたしを帝都に連れて行って欲しいの」

「どうして？」

「そんなの決まってるじゃない！　お母様の仇を討つのよ！」

エレナは声を荒らげて言った。そんなことじゃないかと思ったが、やはりそうだった。帝都に行っても仇が舞踏会に参加しているとは限らないのだが――。

「駄目、却下」

「どうして？　クロノ様には迷惑を掛けないわ」

「経理担当者が一ヶ月も留守にするのに？」

「そ、それは……どうにかするわよ！」

エレナは口籠もり、開き直ったように言った。

「で、あたしを連れて行くの？　連れて行かないの？」

「そうだね」

クロノは腕を組んだ。連れて行くのは吝かではない。仇が舞踏会に参加するとは限らないし、フェイに監視させればトラブルを防げるはずだ。

「エレナ、こっちに来て」

「何よ？」

クロノが手招きすると、エレナは無警戒に近づいてきた。すかさず首輪に指を掛ける。すると、今までの態度が嘘のように怯えた表情を浮かべた。がくがくと膝が震えている。今にもその場に座り込んでしまいそうだ。

「な、何をするのよ？」

「態度が悪い」

「そ、それは謝るわ」

「謝るわ？」

「謝ります！　ごめんなさい！　大きな態度を取ってごめんなさい！」

エレナは必死の形相で謝罪し、媚びるような視線を向けてきた。もじもじと太股を擂り合わせている。謝っているのか。期待しているのか。判断に迷う所だ。

「……座って」

「は、はい」

「そこじゃない」

エレナがその場に座ろうとしたので首輪を上に引っ張る。大して力を込めていないのだが、爪先立ちになる。

「僕の足の上だよ」

「足のう――ご、ごめんなさい！　反抗的な態度を取ってごめんなさい！　座ります、座りますから！　睨まないで下さい！　怖いんです！」

首輪を上に引くのを止めると、エレナはおずおずとクロノの足の上に座った。

風呂上がりだからか、それとも別の理由からか、じっとりとした感触が伝わってくる。

「まあ、帝都に連れて行くのは吝かじゃないんだよ」

「じゃあ――ッ！」

エレナは腰を浮かしかけたが、クロノが睨み付けると足の上に座り直した。

頬が上気し、息遣いが荒い。座り心地が悪いのか、何度も座り直している。

「さっきのはお願いする態度じゃないよね？」

「ど、どうすればいいのよ？」

エレナは上目遣いで見上げてきた。

「なんだ、お願いの準備をしてこなかったんだ」

「じゅ、準備ならしてきたわ」

「どっちでお願いするのか言って。こっちか……」

「そこは駄目！　大事にしたいのよ！」

クロノが踵を浮かせると、エレナは懇願した。

「じゃ、こっちしかないよね？」

「……」

クロノは足の指を動かす。だが、エレナは顔を真っ赤にして俯いている。

「ほら、早くお願いして」

「……」

クロノは真っ赤になって俯くエレナを見下ろした。足を軽く上げる。

すると、エレナは膝立ちになった。足の甲で股間を擦り上げる。

そのたびにびくっ、びくっと震える。心なしか、じっとり感が強まった気がする。

「早くお願いしてくれないと、どっちを使うか僕が決めちゃうよ？」

「――ッ！」

クロノが擦り上げる力を強めながら言うと、エレナは太股に力を込めた。少しでも動きを抑えたいのだろうが、逆効果だ。衝撃がより強く伝わるようになってしまった。仕方がなく擦り上げるのを止めるが、エレナは太股から力を抜こうとしない。

「で、どっち？　僕はそろそろ前を使わせてもらいたいんだけど？」

「…………後ろ」

長い長い沈黙の後でエレナはぽつりと呟いた。拗ねたように唇を尖らせている。

「後ろがどうしたの？」

「う……後ろの……なで、ご奉仕します。だから、帝都に連れて行って下さい」

エレナは途切れ途切れに言葉を紡いだ。

「言葉だけじゃ弱いかな」

「こ、これ以上、どうしろってのよ？」

「自分で考えなよ」

ぐッ、とエレナは呻き、立ち上がった。ネグリジェのサイドから手を入れる。

ショーツが落ち、クロノは視線を床に向けた。すると――。

「な、何を見てるのよッ！」

「いや、汚れてないかなと思って」

「よ、汚れてないわよッ！」

エレナは顔を真っ赤にして言った。確かに汚れてはいないが——。

「まあ、いいか。続きをどうぞ」

くッ、とエレナは呻き、ベッドに上がった。こちらに背を向けて跪き、亀のように体を丸める。上半身を伏せたまま膝立ちになってお尻を突き出す。生憎、大事な部分はネグリジェで見えないが、想像力を掻き立てられる。

「あ、あたしのいや、らし……お、し……な、をどうぞ好きなだけお使い下さい」

「そういう言葉を何処で覚えてくるの？」

「アンタに仕込まれたのよッ！」

クロノが呆れて言うと、エレナは体を起こして叫んだ。顔が真っ赤だ。

「で、どうなの？」

「まあ、及第点かな。はい、さっきと同じポーズを取って」

「ぐッ、やるわよ！　やればいいんでしょ！」

エレナは自棄っぱち気味に叫び、クロノにお尻を向けた。ぴしゃりとお尻を叩く。

「痛ッ！　なんで、叩くのよッ？」

「角度が悪い」

「うう、分かったわよ」

「分かったわよ？」

「ご、ごめんなさい！　お尻の角度が悪くてごめんなさい！」

エレナが謝罪の言葉を口にしながらお尻を高く掲げた。あとでアリッサにエレナのドレスもお願いしないと、と考えながらクロノは立ち上がった。

※

三日後の朝――クロノは箱馬車を見つめた。ゴルディ達が改良を施したという箱馬車だ。四輪駆動車を連想させる足回りを見ていると、ゴルディが隣に立った。

箱馬車の改良を始めてから殆ど休んでいないはずだが、いつもより穏やかな表情だ。

ゴルディが過労で死んだ者はいないと言うたびにそんなことはないと思っていた。

もちろん、その気持ちは今も変わらない。しっかりと休んで欲しいと思う。

だが、彼を見ているとドワーフは過労死しないのかも知れないという気になってくる。

「どうですかな？」

「足回りと客車部分を分離（ぶんり）させてるんだね」

「その通りですぞ！」

ゴルディはいきなり叫んだ。

「足回りと客車部分を分離させ、接触（せっしょく）面積を少なくすることで振動（しんどう）が客車に伝わるのを防いでいるのですぞ！　さらに足回りには板バネを標準装備！　座席にも振動を緩和（かんわ）するための機構を備えております！　これはもはや革命！　箱馬車革命ですぞ！」

ゴルディは捲（まく）し立てるように言った。口角泡（あわ）を飛ばすとはまさにこのことだ。

「取り乱して申し訳ありませんぞ」

「いや、いいよ」

気持ちは分かる。クロノも四輪駆動車のような足回りを見た時は興奮してしまった。

まるでオーパーツだ。ゴルディは未来に生きていると思う。

ドンという音が頭上から響く。見上げると、メイド達が屋根に荷物を載（の）せていた。

メイド服を着て、高所で作業するのは如何（いかが）なものかと見上げていると——。

「旦那様？」

「あ、は、はい、何でしょう？」

振り返ると、アリッサが立っていた。クロノは内心胸を撫で下ろした。

「な、何かな？」

「いえ、ご挨拶をと思いまして。道中の無事をお祈りしております」

「ありがとう」

アリッサが恭しく一礼し、クロノは礼を言った。よくできたメイドだと思う。

「あとレイラとエレナのドレスを用意してくれてありがとう」

「いえ、仕立て直す手配をしただけですので。それに旦那様に余計なお金を――」

「無理を言ったんだから割増料金を取られたのは仕方がないよ」

「そう仰って頂けると気が楽になります」

アリッサは穏やかに微笑み、箱馬車から少し離れた場所に移動した。

さて、とクロノは視線を巡らせる。すると、ケインがこちらに近づいてきた。

一人ではない。フェイと四人の男を連れている。

「おは――」

「クロノ様、おはようございますであります！」

クロノが挨拶をするよりも早くフェイが声を張り上げた。ケイン達は苦笑いだ。

「おはよう」

「ああ、おはようだな」

クロノが改めて挨拶をすると、ケインは苦笑しながら応じた。

「どうかしたの？」

「折角だから今回の護衛を紹介しておこうと思ってな。まずはサップだ」

ケインが名前を呼ぶと、四人の一人が背筋を伸ばした。眼帯を付けた無精髭の男だ。

身長はケインと同じくらいだが、体は一回り大きい。迫力があって怖い。

「よろしくお願いしやす」

そう言って、サップは歯を剥き出して笑った。前歯が一本なかった。

それだけのことだが、印象が愛嬌のある男に変わる。

「サップとは古い付き合いでな。こんななりだが、真面目で面倒見がいい」

「こんななりはひどいですぜ、お頭」

「お頭は止めろ。俺達はクロノ様麾下の騎兵隊なんだからな」

「へい、分かりやした」

本当に分かってるのかね、とケインは顔を顰めた。

「残り三人は右からアルバ、グラブ、ゲイナーだ」

「「よろしくお願いします」」

アルバ、グラブ、ゲイナーの三人は一斉に頭を下げた。

「御者はサップにやらせるから何かあれば……」

「……」

ケインは口を噤んだ。隣でフェイが何か言いたそうな目で見ていたからだ。

「何かあればフェイに言ってくれ」

「このフェイ・ムリファインにお任せであります！」

ケインが溜息交じりに言うと、フェイは背筋を伸ばして声を張り上げた。

「姐さんは俺達がサポートするんで。なあ？」

「「「うっす！　姐さんは俺達が死ぬ気で守ります！」」」

サップの言葉にアルバ、グラブ、ゲイナーの三人が応じた。

クロノは剣の柄に触れた。自分の身は自分で守らなければならないようだ。

そんな悲壮な決意に気付いたのか、ケインはクロノの肩に触れた。

「緊張するなって。経由する領地はまあまあ治安がいい」

「経由する領地はカド伯爵領、トレイス男爵領、ボウティーズ男爵領、ゼヌギス男爵領、ネカル子爵領、カイ皇帝直轄領だっけ？」

「よく覚えてるでありますね」

クロノが指折り数えると、フェイが感心したように言った。

「フェイ、道順は覚えてるよね？」

「西に行って、南に行って、東に行くだけでありますよ」

「それはそうなんだけど」

フェイがあっけらかんとした口調で言い、クロノは呻いた。すごく心配だ。

「死ぬ気でサポートするぞ！」

「「うっす！」」

サップ、アルバ、グラブ、ゲイナーの四人は円陣を組んで叫んだ。やる気があるのはいいことだが、ますます不安になってくる。今から帝都に行くのを中止することはできないだろうか。そんなことを考えていると、レイラが近づいてきた。

「クロノ様、出発の準備が整いました」

「分かった」

箱馬車を見上げると、メイド達の姿はなかった。

「帝都まで何事もなければ一週間か」

「護衛はお任せ下さい。必ずクロノ様を守ってみせます」

クロノはホッと息を吐いた。頼もしい台詞を聞いて少しだけ安心する。

レイラが箱馬車に歩み寄り、扉を開けた。

「どうぞ、クロノ様」

「ありがとう」

箱馬車に乗ると、長イスが向かい合うように設置されていた。

その一方ではエレナが横向きで眠っていた。

「なんで、ここで寝てるの？」

「早起きできないからと、昨夜の段階で乗り込んだのですぞ」

クロノの疑問に答えたのはゴルディだった。それにしても――。

「作業中によく眠れたね」

「熟睡しておりましたぞ。よほど疲れていたんでしょうな」

ゴルディはしみじみとした口調で言ったが、エレナが図太いだけのような気もする。

クロノは少しだけ力を入れてエレナのお尻を叩いた。ぴしゃりといい音がした。

ぅん、と小さく呻くが、目を覚ましそうにない。額に肉と書いてやりたい。そんな気持ちを堪えてエレナが寝ている対面の席に座った。レイラが箱馬車に乗り、扉を閉める。

「失礼いたします」

そう言って隣に座る。もちろん、機工弓と矢筒を持ってだ。

しばらくして箱馬車が動き始めた。まるで振動を感じさせないスムーズな発車だ。
何事もなければいいな～、とクロノは窓の外を見つめた。

第二章『帝都』

帝国暦四三〇年十一月上旬——アリデッドは自室に戻るとベッドに倒れ込んだ。

一日の仕事を終え、水浴びをして夕食も食べた。あとはこのまま眠るだけだ。

一般兵の頃ならば——。残念ながらアリデッドは百人隊長だ。この後も仕事がある。

侯爵邸の会議室に行き、シオンから勉強を教わらなければならないのだ。

「うぐぐ、このまま朝までぐっすり寝たいし」

「そしたら降格されて六人部屋に逆戻りだし」

「それは分かってるみたいな」

アリデッドは対面のベッドに座る妹——デネブを見つめた。デネブは絵本を読んでいる。

クロノが版画という技法で作った本だ。といっても実際に作ったのはゴルディ達だ。

最初は一人で作っていたが、途中で一人では限界があるということに気付いたそうだ。

さもあらん。この技法を使えば簡単に複製を作れるが、木の板を彫るのに手間が掛かる。

そういうちょっと間の抜けた所が気に入っている。抱かれてもいいかは気分次第だ。

「一日くらいサボっても文句は言われないみたいな」

「あの冷たい目で見られても同じ台詞を言えるなら大したものだし」

デネブがページを捲り、アリデッドは身震いした。クロノの目を思い出したのだ。

あのくだらないものでも見るような目――正直、あんな目で見られたくない。

「あの目で見られるのは嫌だけど、サボりたいし！ 眠りたいし！ 遊びたいし！」

アリデッドはベッドの上で手足をばたつかせた。ちょっと前は夜遊びができなかった。

だが、今は違う。懐が潤っているし、軍を退役した仲間が酒場を経営している。

遊べる条件が揃っているのに自分にはそれが許されていないのだ。死ね、神様。

姉である自分が苦悩しているのにもかかわらず、デネブは絵本を読んでいる。

そういえば宿舎にいる時はいつも絵本を読んでいるような気がする。

「面白い？」

「面白いし」

アリデッドが尋ねると、デネブは言葉少なに答えた。

「何処がみたいな？」

「最後の所が面白いし」

そう言って、デネブはぺらぺらとページを捲った。

「な、何故だ、モモタロウ！　わ、我々は穏やかな暮らしを望んでいただけなのに！　ぐわぁぁぁぁッ！　って感じで鬼を斬り殺して財宝を奪ったのに幸せになったのは爺婆だけでモモタロウが死ぬまで怯えて暮らした所」

「なかなか朗読が上手みたいな」

　アリデッドは横を向き、パチパチと手を鳴らした。

「お姉ちゃ……そっちは何が好きみたいな？」

「二人きりだからお姉ちゃんでもＯＫみたいな」

「昔、二人きりの時にそれをやったら首筋をチョップされたし」

「そんなこともあったかもみたいな」

「で、何が好きみたいな？」

「わらしべ長者が大好きみたいな。藁一本から成り上がる姿に憧れるみたいな」

「あれは貧乏だった時に啜った粥の方が美味しかったなってオチだし」

「そこがちょっと説教臭くて不満だし」

「きっと、交換していたのは物だけじゃなかったみたいな」

「それはホラーだし」

　物々交換しているつもりで物以外のものを交換しているだなんて怖すぎる。

ふう、とアリデッドは小さく溜息を吐き、体を起こした。

「ちょっとは真面目に勉強するつもりになったみたいな?」

「いつでも真面目だし」

アリデッドはベッドの縁に座り、机の上に置いた本に視線を向けた。まだ一文字も書いていない自分だけの本だ。この本に自分が生きた証を記そう思っているのだが――。

「モチベーションが上がらないし」

「シオンさんは教え方が上手いと思うし」

「それは分かってるし!」

確かにデネブの言う通り、シオンは勉強を教えるのが上手い。それに根気強い。ちょっと駄目な所を見せても丁寧に教えてくれる。だが、だがしかし――。

「今のあたしに必要なのは……ずばり! アイスクリームみたいなッ!」

「それは女将に頼むべきだし」

「違うし! つまり、あたしが言いたいのは精神的なアイスクリームだし!」

「ご褒美が欲しいでOK?」

「概ねそんな感じだし」

アリデッドは親指を立て、再びベッドに倒れ込んだ。

「きっと、レイラはいつも耳を撫で撫でしてもらってるし」

「ああ、それはちょっと憧れるかもみたいな」

レイラとは配属当初から——五年来の付き合いだ。彼女が幸せになったのは嬉しい。

だが、幸せをお裾分けして欲しいというのも本当の気持ちだ。

「今頃、クロノ様達はどの辺りみたいな？」

「きっと、帝都に着いているし」

アリデッドは天井を見上げた。

※

「エレナ！　走ってッ！」

「わ、分かってるわよ！」

クロノはエレナの手を引きながら箱馬車の陰に駆け込んだ。直後、轟音が響き渡る。

暗闇から飛来した石が箱馬車を直撃したのだ。尋常な威力ではない。

投石紐を使ってるんだろうけど、と箱馬車の陰から街道を覗き見る。街道には馬に乗った男達が陣取っていた。レイラ達が突破口を開こうとしているが、上手くいっていないようだ。どう切り抜けるか思案を巡らせたその時、ガリッという音がした。隣を見ると、エレナが親指の爪を噛んでいた。

「な、ななんで、ここ、こんなことになるのよ。あ、あたしは悪いことをしてないのに」

「なんでだろうね」

クロノはしみじみと呟き、エラキス侯爵領を発ってからのことを思い起こした。景色を眺めるか、昼寝をするしかない平穏な旅だった。少なくとも今日の昼までは。泥濘に車輪が嵌まったのがマズかった。何とか抜け出せたものの、日が暮れてしまい、野営をすることになったのだが――。

「まさか、盗賊に襲われるとはね」

「あ、あたし、に、二度目よ。な、なんで、二度も盗賊に襲われなきゃならないのよ」

クロノが溜息交じりに呟くと、エレナは爪を噛みながら言った。再び轟音が響く。また石が箱馬車を直撃したのだ。

「クロノ様！　箱馬車の陰から出ないで下さい！」

クロノ達が攻撃に曝されていることに気づいたのだろう。レイラが駆け寄ってきた。牽制するように矢を放ちながらお尻でクロノを押し込むように箱馬車の陰に隠れる。

「箱馬車の下に！」

「分かった！」

クロノは弓を構えるレイラに叫び返した。だが、一人で隠れる訳にはいかない。

「エレナ！」

「なんで、なんで、なんで——」

呼びかけるが、エレナは爪を噛みながらぶつぶつと呟き続けている。暴力に対する耐性が下がっている所に盗賊の襲撃を受けて精神がオーバーフローを起こしたのだろうか。理屈はさておき、このままボーッとしていたら殺されてしまう。

「エレナ！」

「——ッ！」

クロノが大声で名前を呼ぶと、エレナはびくっと体を震わせた。目が忙しく動く。

「早く、馬車の下に」

「え、ええ、分かったわ」

クロノとエレナが箱馬車の下に潜り込むと、フェイ、サッブ、アルバ、グラブ、ゲイナーがやって来た。全員、無事のようだ。

「状況はッ？」

「周囲を囲まれているであります！」

「街道に四人！　街道沿いの茂みにも何人か！」

「ここは耐えて、各個撃破しやしょう！」

クロノの言葉にフェイとレイラ、サッブが叫ぶ。

「各個撃破か。よし、それで——」

「私が捕まえてくるであります！」

クロノが言い切るよりも早くフェイが箱馬車の陰から飛び出した。待っていましたと言わんばかりに石が飛来する。銀光が閃き、石が地面に落ちる。フェイが剣を抜き放ち、石を叩き落としたのだ。恐ろしい剣の冴えだが——。

「ちょ！　投げすぎであります！」

四方から石が飛来し、フェイは悲鳴を上げた。剣を振るうが、全ての石を叩き落とすことはできなかった。鈍い音が響く。石がフェイのこめかみに直撃したのだ。

「フェイ！」

「い、痛いであります！」

クロノが叫んだ直後、フェイは涙目でこめかみを押さえた。体から黒い靄のようなものが立ち上っている。恐らく、咄嗟に神威術を使ってダメージを軽減したのだろう。再び四方から石が飛来する。

「痛ッ！　痛いであります！」

フェイは悲鳴を上げた。命に関わる状況なのだが、どうも緊張感に欠ける。

「素直にお縄に付くであります！」

フェイは街道沿いの茂みに向かう。正面から飛んできた石を叩き落とすが——。

「あいたッ！」

こめかみに石が当たる。フェイは石が飛んできた方を睨み、そちらに足を踏み出した。

そこに別の方向から飛んできた石が当たる。

「隠れて石を投げるとは卑怯であります！　正々堂々と勝負するであります！」

フェイが剣を振り回しながら叫んだ次の瞬間、投げ縄が飛んできた。

輪の部分が締まり、フェイが真横に飛んだ。盗賊が馬を走らせたのだ。

「ひ、引き摺らないで欲しいであります〜〜〜〜〜〜！」

「姐さ〜〜〜ん！」

フェイがドップラー効果を残しながら遠ざかり、サップが叫んだ。

「レイラ！　魔術を！」

「標的は？」

「盗賊が隠れていそうな所を！　根こそぎぶっ飛ばして！」

「分かりました！　爆炎舞ッ！」

レイラが腕を一閃させた次の瞬間、視界が赤く染まった。爆音が轟き、熱気が押し寄せる。茂みから火達磨になった男達が飛び出す。

「ちょ、ちょっと！」

「続けて！」

エレナが悲鳴じみた声を上げるが、クロノは無視した。

「爆炎舞！　爆炎舞ッ！」

レイラが立て続けに魔術を放ち、巨大な火柱が周囲を照らし出す。矢筒から矢を引き抜き、弓に番えて放つ。ぎゃッ、ぐぎゃッと茂みから短い悲鳴が上がる。クロノには分からなかったが、レイラの目は盗賊の姿を捉えていたようだ。

レイラは弓を構えたまま視線を巡らせる。火柱が消え、ホッと息を吐く。どうやら敵はいなくなったみたいだ。もっとも、安心してばかりはいられない。フェイを助けに行かなければならない。クロノはサッブに視線を向けた。

「サッブ！」

「アルバとグラブは付いてこい！　ゲイナーはここでクロノ様を守れ！」

サッブ、アルバ、グラブの三人は馬に乗ってフェイが連れ去られた方向に向かった。

「無事ならいいんだけど」

クロノは箱馬車の下から這い出して立ち上がった。

「クロノ様、お怪我は？」

「何ともないよ。レイラは？」

「私も問題ありません」

「お疲れ様」

クロノが耳を撫でると、レイラはくすぐったそうに微笑んだ。ふと手を止める。エレナが箱馬車の下から出てこないのだ。覗き込むと、エレナは亀のように丸くなっていた。

「大丈夫？」

「大丈夫そうに見える訳？」

「それだけ悪態が吐けるなら大丈夫だね」

「ちょっと待って！」

クロノが体を起こそうとすると、エレナがズボンの裾を掴んだ。

馬車の下から伸びる手——かなりホラーな感じだ。もう一度、馬車の下を覗き込む。

「どうしたの？」

「こ、腰が抜けたのよ」

「仕方がないな〜」

クロノはエレナの手を掴み、馬車の下から引き摺り出した。

※

クロノが目を覚ますと、そこは箱馬車の中だった。欠伸を噛み殺しつつ体を伸ばす。座ったまま寝たせいだろう。ごき、ごきという音が響いた。

「クロノ様、おはようございます」

「おはよう」

隣の席に座っていたレイラに挨拶を返す。エレナは呆れたような表情を浮かべている。

「昨夜、あんなことがあったのによく眠れるわね」

「昨夜？」

「まだ寝ぼけてるの？　昨夜、盗賊に襲われたじゃない」

クロノが鸚鵡返しに呟くと、エレナは不機嫌そうに顔を顰めた。

「そうだった、そうだった。僕が華麗に盗賊を倒したんだった」

「突っ込まないわよ」

「エレナはおしっこ漏らしてたね」

「漏らしてないわよ！」

エレナは声を荒らげ、ハッとしたような表情を浮かべた。

「突っ込んでしまいましたな」

「そのドヤ顔、マジでムカつくんだけど」

チッ、とエレナは舌打ちをした。

「もう帝都に着いたかな？」

「先程、城門を潜りました」

クロノは窓から外を見た。すると、箱馬車と併走するフェイと目が合った。フェイは気まずそうに顔を伏せ、クロノの視界からフェードアウトした。改めて窓の外を見ると雑然とした街並みが広がっていた。煉瓦造りの二階建てが多い。三角地に建てられた建物もあるし、空き地も点在している。帝都の新市街だ。

帝都アルフィルクは旧市街と呼ばれる四区画と新市街と呼ばれる八区画からなる。その中心にあるのは皇帝の居城アルフィルク城だ。上空から見たら二つの市街が同心円を描いている様子を確認できるはずだ。

「フェイはまだ落ち込んでるみたいだね」

「何を他人事みたいに言ってるのよ。フェイが落ち込んでるのはクロノ様のせいでしょ」

そう言って、エレナは非難がましい視線を向けてきた。

昨夜、クロノはサップ達に救出されたフェイを叱った。

「あんなにネチネチと。気付いてないかも知れないけど、クロノ様の怒り方って陰湿よ」

「怒ったんじゃなくて叱ったんだよ」

「似たようなものでしょ。怒るにしても、叱るにしてもビシッと言ってやればそれで十分じゃない。それを、こう、虫でも見るみたいな視線を向けながら『どうして、一人で盗賊を追い掛けたの？』とか延々と聞き続けるのってどうかと思うわ」

「ちょっとした失敗なら大目に見るけどね。独断専行で仲間の命を危険に曝したことは許せないよ。フェイが助かったのだって運がよかっただけだし、二度とこんなことをしないように猛省してもらわないと」

「クロノ様の気持ちは分かるつもりよ」

「分かるつもり、ね」

クロノが呟くと、馬鹿にされたと感じたのか、エレナはムッとしたような顔をした。

「フェイって家を再興しようとしてるんでしょ？」

「よく知ってるね」

「それくらいの情報は入ってくるのよ」

それほど人付き合いがないのに、どういう経路で情報を仕入れているのか気になるが、フェイ自身が秘密にしている訳ではないので自然と耳に入ってくるのだろう。

「だから、いい所を見せようと必死だったんじゃないかしら」

クロノは無言でエレナを見つめた。

「何よ？」

「まさか、エレナが庇うような発言をするとは思わなかったんだよ。明日は雨かな？」

「あたしだって人を庇うことくらいあるわよ」

エレナは拗ねたように唇を尖らせた。

「同情はするけどね。それはそれ、これはこれだよ」

「クロノ様って、割とドライよね」

さっきは陰湿って言ったくせに、とクロノは景色を眺めた。

整然とした街並みが広がっている。新市街から旧市街——第四街区に入ったようだ。

養父の家は同じ街区にあるが、到着するまでもう少し掛かるはずだ。問題は——。

「留守じゃなければいいけど」

「連絡してたんじゃないの？」

「ど忘れしてて」

「呆れた」

「農閑期は帝都で過ごすことにしてるって言ってたからいるとは思うんだけどね」

「安宿に泊まるのは嫌よ」

「父さんとマイラがいなくてもオルトがいるはずだからそこは大丈夫だよ」

「マイラ？　オルト？」

エレナは訝しげに眉根を寄せた。

「うちの使用人。二人とも父さんが傭兵やってた頃からの付き合いらしいよ」

「二人とも元傭兵ってことね」

「今はメイドと執事だけどね。ちなみにマイラがメイドで、オルトが執事ね」

「ちゃんとしたメイドと執事ならいいけど」

「傭兵だったのは三十年も前のことだよ。傭兵よりも使用人を長くやってるんだから今はパーフェクトメイドとパーフェクト執事だよ」

「あたしの心配が杞憂で終わることを祈ってるわ」

エレナは溜息交じりに言い、不意にクロノの隣を見た。つられて隣を見ると、レイラが手で髪を撫でていた。気のせいか、いつもより背筋が伸びているような気がする。

「なんで、髪を梳かしてるのよ？」

「髪型が乱れていたので」

ふ〜ん、とエレナは興味なさそうに相槌を打ったが、視線はレイラから動いていない。

レイラは居心地が悪そうにしていたが、やがて堪えきれなくなったように口を開いた。

「クロノ様のお父様とお会いするので」

「結婚する訳じゃないんだから気にしなくてもいいんじゃない？」

「そう、ですね」

レイラは呻くように言った。気まずい沈黙が舞い降りる。自分の失言に気付いたのだろう。エレナも気まずそうな顔をしている。しばらくしてレイラはおずおずと口を開いた。

「あの、クロノ様のお父様はどのような方なのですか？」

「一言で言い表すのは難しいね」

う〜ん、とクロノは唸った。尊敬できる点は多々あるが、同じかそれ以上に尊敬できない点がある。人格者ではないし、よき家庭人という訳でもない。元傭兵だけに貴族らしさともあまり縁がない。

「あまり気にすることはないいんじゃないかな？」

「……」

　正直な感想だったのだが、レイラは無言だ。求めていた答えではなかったようだ。

「私のようなハーフエルフを愛人にしている点についてはどうでしょうか？」

「気にしないと思う。むしろ、笑うんじゃないかな。お前も男だったんだなとか、愛人を囲うのは男の甲斐性とか、そんな意味合いで」

がははッ！　と笑っている養父の姿が目に浮かぶようだ。

「そうですか」

「安心できなかった？」

「今ので、どうやって安心するのよ」

　エレナが呆れたような口調で言った。

「まあ、細かいことを気にしない人だから大丈夫だよ」

「細かいことなのでしょうか」

　レイラの声は暗く沈んでいる。恐らく、養父が今のレイラを見たら『そんな小せぇことを気にすんな』と言って、がははッ！　と笑うに違いない。

「メイドのマイラはエルフだから大丈夫だよ」

「マイラ様はエルフだったのですね」

　レイラは小さく息を吐いた。どうやらエルフが使用人と知って安心したようだ。

養父の家が近づいてきたのか、箱馬車がスピードを落とした。

「……エレナ」

「何よ？」

「フェイのことなんだけど、慰(なぐさ)めてやってくれないかな？」

「クロノ様がやればいいじゃない」

「自分で叱って、自分で慰めるのはね」

「どうして、あたしがやらなきゃいけないのよ」

「帝都に連れてきてあげたでしょ」

「ちゃ、ちゃんとお礼はしたわよ」

羞恥心(しゅうちしん)からか、エレナは頬を赤らめて言った。まあ、確かに取引はしたが——。

「あれはお願いでしょ？　お願いとそれを叶(かな)えるのは別問題だよ」

「そんなのズルいわ」

「まあ、確かに」

クロノが認めると、エレナはきょとんとした顔をした。自分の非を認めたことが意外だったのだろう。どんな人間だと思われているのか少しだけ気になる。

「そういえば、ドレスをあげたお礼はまだもらってないよね？」

「あ、あれは……」

エレナは口籠もった。

「そ、それを言ったら、そのハーフエルフだってドレスをもらったじゃない！」

「レイラは仕事だからね」

クロノが軽く肩を竦めると、エレナは憎々しそうにこちらを睨み付けてきた。イラッとして首輪に指を掛ける。エレナは一転して怯えているかのような表情を浮かべた。その割にもじもじと太股を擦り合わせているが──。

「で、どうするの？　僕としては体で支払ってもらってもいいんだけど」

「か、体で」

ごくり、とエレナは喉を鳴らした。興奮しているのか、目が輝いている。

体で支払ってもらおうかなと思ったその時、エレナはハッとレイラを見た。

レイラは無表情だが、エレナにはそう思えなかったのだろう。

「い、嫌よ！　こ、これでも、あたしは準貴族なんだから！」

「今は僕の奴隷だよ」

「や、止めて！　お願いだから首輪から指を離して！」

クロノは首輪を左右に揺すると、エレナは涙目で懇願した。

そんなに首輪に触られるのが嫌なら身に付けなければいいと思うのだが——。

「返事は？」

「わ、分かったわよ」

「分かればいいんだよ」

クロノが首輪を離すと、エレナは『え？』という表情を浮かべた。

未練がましそうにクロノの指を見ている。どうやら対応が不満だったようだ。

「……舞踏会が始まるまでよ」

「それでいいよ」

箱馬車が止まり、レイラが扉を開けて外に出た。

「クロノ様、どうぞ」

「ありがとう」

クロノは礼を言って箱馬車から降りた。凝りを解すために体を伸ばすと、あちこちからごきごきという音がした。

「ここに来るのも半年……七ヶ月ぶりくらいか」

クロノは養父の家——クロフォード邸を見上げた。クロフォード邸は煉瓦で作られた四階建ての建物だ。周辺の家々には立派な庭園があるが、クロフォード邸にはない。養父が厩舎を作ることを優先させたためだ。もっとも、門から玄関まで——十メートル弱が前庭になっているので不満を感じたことはない。

これからどうするか考えていると、玄関の扉が開いた。出てきたのは養父——クロード・クロフォードとメイドのマイラだ。養父は今年で六十歳になるが、背はクロノより頭二つ分は高く、筋肉質な体付きをしている。腹は出ておらず、足取りは力強い。髪は長年の苦労を物語るように白い。顔の輪郭は角張り、目鼻立ちも繊細さとは無縁だ。特に印象的なのは目だ。それだけが印象に残りかねないほど鋭い眼差しをしている。

メイドのマイラは多く見積もっても三十路に届かないくらいの風貌だ。メイド服に包まれた肢体はスマートで猫科の肉食獣を彷彿とさせる。目鼻立ちは整い、気品を感じさせる。エルフからは冷たいという印象を受けるが、マイラからは冷めているという印象を受ける。恐らく、これは年齢のせいだろう。もちろん、口にはできないが——。

養父は門を出て、クロノの前に立った。威圧感がすごい。子どもなら泣いている。目を細めれば愛嬌があるように見えなくもない。突然、養父はクロノの顎を掴んだ。

「あ〜、右目をやっちまったのか」

「うん、まあ、名誉の負傷ってヤツ」

クロノは養父から目を逸らした。自分の中ではすでに終わった問題だが、養父に右目の件を言われると気まずい。何と言っていいのか分からない。

「そうか」

養父は溜息を吐くように言って手を離した。

「一応、話は聞いてるけどよ」

「どんな？」

「神聖アルゴ王国の連中とやり合ったとか、エラキス侯爵になったとかだな」

「南辺境にいて、よく情報を仕入れられるね」

「そりゃ、帝国の上層部にゃ知り合いが多いからな」

養父はうんざりしたような口調で言った。

「それはそれとして手紙くらい送ってこい、親不孝もんが」

「ごめん」

クロノは頭を掻いた。

「で、何の用だ？」

「舞踏会が開かれるから――」

「なんだ、お前の所にも招待状が届いてたのか」

養父はクロノの言葉を遮って言った。

「ってことは父さんの所にも？」

「ああ、急な話なんでサボってやろうかとも思ったんだが、酒と飯を奢ってくれると言われたらな。断る訳にはいかねぇよ」

「金持ちなのにセコい」

「二十年以上も開拓してりゃセコくもなるぜ」

　養父は吐き捨てるように言った。

「っと話が逸れたな。舞踏会が開かれるから何だ？」

「舞踏会に参加することになったから泊めてもらおうと思って。駄目なら適当に宿を——」

「水臭ぇことを言うんじゃねぇよ。俺達は親子だろ」

　養父はクロノの言葉を遮って言った。

「ところで、そっちの嬢ちゃん達はお前の何なんだ？」

「お初にお目に掛かります、クロフォード男爵」

　養父が視線を向けると、レイラは歩み出て敬礼した。

「私はクロノ様の部下で——」

「部下で、愛人のレイラです」

「クロノ様！」

レイラが悲鳴じみた声を上げるが、養父は気にした様子もなくエレナに視線を向けた。

エレナはびくっとし、クロノの陰に隠れた。

「お前の陰に隠れたちっこいのは？」

「奴隷のエレナ――」

「ちょっと！　あたしは準貴族よ！　準貴族ッ！」

エレナは叫び、ぽかぽかと背中を叩いた。

「と言っているけど、僕の奴隷だよ。もちろん、エッチなご奉仕もさせてます」

「ちょっと！　なんで、そういうことを言うのよッ！」

「……」

エレナは騒がしいが、養父は無言だ。顔を伏せて肩を震わせている。

沈黙が舞い降りる。周囲の喧噪が異世界の出来事のように感じられる。やがて――。

「がははッ！　自分の女を連れて来やがったか！」

養父は豪快に笑った。予想通りの反応だが、レイラは呆気に取られている。

「俺はお前が女に興味ねぇと思ってたぜ！」

「あんまりだ！」

「でもよ、お前は多めに小遣いをやっても娼館に繰り出したりしなかっただろ？」

「誘ってくれる友達がいなかったし、税金で娼館に通うのはちょっと」

クロノは小遣いが多かった理由に驚きながら言い返した。

「ともあれ、これで我が家は安泰だな」

「坊ちゃまは奥手な方ですので、あと十年ほど清い体のままだと考えておりました」

養父がニヤリと笑い、マイラは静かに頷いた。

「まあ、いつ死んでもいいようにガンガン子作りに励め」

「もう少し優しい言葉を掛けて欲しいです」

「あ？　優しいじゃねぇか？」

「何処が？」

「大義名分をくれてやったんだ。こんなに優しい親が何処にいるんだ？」

「そう言われると優しいような気がするね」

「そうだろ、そうだろ」

養父は満足そうに頷き、レイラが口を開いた。

「あ、あの！」

「何だよ？」

「よろしいのでしょうか？」

レイラは上目遣いに言った。ハーフエルフの自分がクロノの愛人でいいのかという意味だと思うが、伝わらなかったらしく養父は不思議そうに首を傾げている。

「どういう――」

「旦那様」

マイラが養父の言葉を遮った。

「何だよ？」

「……耳を」

養父が身を屈めると、マイラは爪先立ちになって耳元で何かを囁いた。

マイラが離れ、養父は――。

「俺は息子の愛人がハーフエルフでも気にしねぇぜ」

「……旦那様」

養父が笑って言うと、マイラは呻いた。繊細な話題は養父に向いていないのだ。

「孫が生まれるのが楽しみだぜ」

「気が早いよ」

「そうか？」

養父は頭を掻き、箱馬車に視線を向けた。箱馬車の陰からフェイがこちらを見ていた。

小動物のようにおどおどした態度だ。

「あれもお前の愛人か？」

「彼女は護衛だよ、ご・え・い」

「くはッ！」

二度目の護衛を強調して言うと、フェイは胸を押さえてその場にへたり込んだ。

事実を口にしただけなのだが、何がショックだったのだろう。

「僕も含めて八人いるんだけど、泊まっても大丈夫かな？」

「クロノ様、少額でしたら手持ちが――」

「遠慮する必要はねぇぜ」

養父はレイラの言葉を遮り、マイラに視線を向けた。

「大丈夫だよな？」

「女性陣に一部屋ずつ部屋を割り振ると、護衛の男性は四人で一部屋になりますが……如何でしょうか？」と問い掛けるようにマイラはサッブに視線を向けた。

どうやら、実質的なリーダーがサッブであると見抜いたようだ。

「クロノと女三人を同じ部屋にすりゃいいじゃねぇか」

「承知いたしかねます」

「なんでだよ？」

「坊ちゃまに三人を相手にする器量はございません」

「確かにそうだな」

マイラが言い切ると、養父は同意した。

「なら野郎は四人で一部屋だな」

「承知いたしました」

マイラが恭しく一礼すると、養父はクロフォード邸に戻って行った。

「護衛の皆様方、厩舎に馬を移動させて下さい」

「分かりやした。おう、野郎ど……姐さん？」

サップは部下に指示を出そうとしてフェイに視線を向けた。気まずそうに顔を顰める。

遅まきながらいつもの調子で指示を出そうとしてしまったことに気付いたのだろう。

「サップ殿にお任せするであります」

「申し訳ございやせん。野郎共！　厩舎に馬を入れろ！」

サップは謝罪すると部下に指示を出した。

※

クロノが食堂でボーッとしていると、養父がやって来た。右手にワインボトル、左手にグラスを二つ持っている。気品は感じられないが、悪っぽい感じが格好いい。

「昼間からお酒？」

「おいおい、お前までマイラみたいなことを言うんじゃねーよ」

養父はぼやくように言い、対面の席に座った。一方のグラスをクロノの前、もう一方を自分の前に置いてワインを注ぐ。芳醇な香りが微かに漂う。

「そういえばお前の愛人は何処だ？」

「部屋で休んでるよ」

「そいつは残念だ。一緒に酒を飲みたかったんだがな」

養父はグラスを手に取った。だが、口元には運ばない。静かにグラスを傾けている。

「色々あったみてぇだな」

「そうだね」

「他人事みたいに言いやがるな」

「色々あって理解が追いついてないんだよ」

クロノはグラスを手に取り、養父と同じように傾けた。

「お前は……軍学校の成績は悪ぃし、友達はいねぇし、女遊びもしねぇし、正直とっととくたばっちまうんじゃないかと思ってたぜ」

「友達と女遊びの件は関係なくない？」

「馬鹿、親として心配だったってことだ」

「……親か」

クロノはワインを飲む。家族の顔を思い出そうとするが、霞がかったように曖昧だ。両親は今も自分のことを捜しているだろうか。多分、捜しているだろう。それなのに自分はクロードを父と慕っている。親不孝な男だ。嫌になる。

養父はワインを飲み干した。プハーッと息を吐き、空になったグラスにワインを注ぐ。

「俺はお前のことを本当の息子だと思ってるんだぜ」

「ありがとう。嬉しいよ」

「それは俺の台詞だ。お前のお陰で生活に張りが出た」

「一緒に暮らしてないのに？」

「そこは問題じゃねーよ。俺の、俺達が苦労して開拓した領地を息子に譲れるんだ。もう一踏ん張りしようって気になる。だから、生きててくれてよかったぜ」

「何とか生き延びたよ。父さんと母さんに恥じるような真似も……しなかったと思う」

クロノはエルフ達――レイラに責任を押し付けようとしたことを思い出して唇を噛み締めた。恥ずべきことはしなかったが、それは未遂だっただけだ。

養父はクロノのグラスにワインを注いだ。

「……本当に色々あったみてぇだな」

「……」

クロノは何も言えなかった。

「お前は俺と違って戦いに向いてねぇし、聡い部分があるから色々と考えちまうんだろうな。そんなお前に俺からアドバイスするとしたら笑えってことだな」

そう言って、養父は野性味溢れる笑みを浮かべた。

「敵と対峙してクソを漏らしそうな時、敵を斬り殺した時、八方塞がりでどうにもならねえ時、部下が自分を逃がすために死地に赴く時、部下がボロボロになって戻ってきた時に笑え。とにかく、笑ってりゃ何とかなるような気がしてくるもんだ」

「無茶を言うなぁ」

「最初の三つだけは実行しとけ」

「心に留めておくよ」

クロノは養父とグラスを打ち合わせた。

※

エレナは客室のテーブルに旅行鞄を置き、視線を巡らせた。

「……殺風景な部屋ね」

ぽつりと感想を漏らす。部屋には最低限の家具しかない。

普通は壺や絵画などの調度品を置くものだが、クロフォード家は違うようだ。

歴史の浅い新貴族らしいといえば新貴族らしい。きっと、そういう家風なのだろう。

部下や使用人を大事にするのも同じような理屈に違いない。

どうでもいいけど、とエレナはベッドに倒れ込んだ。布団を干したばかりなのだろう。

ぽかぽかとして気持ちがいい。このまま寝入ってしまいそうだ。

「……ようやくここまで来たわ」

目を閉じて呟く。クロノにお願いするのは屈辱だった。思い出すと体が熱くなる。正直にいえば上手くいくとは思わなかった。特殊なまぐわり方をしているとはいえ、夜伽はそれなりに回数をこなしている。そのせいで警戒心が緩んだのだろう。クロノも男ということだ。人事は尽くした。あとは叔父とフィリップが舞踏会に来ることを祈るだけだ。

「……フィリップ」

元婚約者の名前を呟く。奴隷商人の下にいた時、彼が心の支えだった。

彼が扉を開けて助けに来てくれると愚かにも信じていた。

母親を殺し、自分を苦境に陥れた犯人の一人だとも知らずに。

「絶対に殺してやる」

目を開け、旅行鞄を見る。あの中には細身の短剣が忍ばせてある。革のベルトもだ。

舞踏会場に持ち込む算段は立てているが、持ち込めるかどうかは賭けだ。

別の方法を考えておいた方がいいかも知れない。その時、ガチャという音が響いた。

扉を開ける音だ。飛び上がり、ホッと息を吐く。扉を開けたのはフェイだった。

「アンタの部屋は隣よ」

「……」

聞こえていないのか、フェイはふらふらと歩き出し、ベッドの近くでへたり込んだ。

ぶつぶつと何かを呟いている。さっきまでしゃんとしていたのにえらい変わりようだ。

護衛の仕事が一段落して緊張の糸が切れてしまったのだろうか。

エレナはベッドから下り、フェイの傍らに跪いた。

「ちょっと、聞いてるの？」

「神様、神様、私は駄目な騎士であります。負けてしまったであります。これではムリファイン家の再興なんて夢のまた夢であります」

フェイの瞳から涙が零れ落ちた。生きてたんだからいいじゃないと思ったが、それだけ剣術の腕に自信があったのだろう。剣の腕さえあれば家を再興できるという自信だ。

「もう駄目であります。クロノ様に見捨てられてしまうであります」

「さっさと――」

出て行きなさいよという言葉をすんでの所で呑み込む。クロノにフェイを慰めるように言われているし、追い出すのは気が咎めたのだ。

どんな言葉を掛けるべきか考えていると、いきなりフェイが立ち上がった。

「ちょ、ちょっと！」

エレナは声を上げた。フェイが服を脱ぎだしたのだ。軍服を脱ぎ捨てる。下着姿になるのに時間はそう掛からなかった。ごくり、と生唾を呑み込む。フェイは美しかった。この鍛え上げられた体がどのように動くのか。そんなことを考えていると、フェイがふらふらと扉に向かって歩き始めた。

「ストップ！」

「――ッ！」

　エレナが腕を広げて立ちはだかると、フェイは跳び退り、ハッとしたような顔をした。

「エレナ殿でありますか？　どうして、ここにいるのでありますか？」

「アンタが入ってきたのよ」

「ノックもせずに入ってくるのは感心しないであります」

「だから、アンタがあたしの部屋に入ってきたのよ」

「……申し訳ないであります」

　フェイはがっくりと肩を落とした。

「で、アンタは何をしてるのよ？」

「謝りに行こうとしていた所であります」

「その格好で？」

「臭うでありますか？」

　フェイは腕を上げ、くんくんと臭いを嗅いだ。エレナは溜息を吐き、ベッドに座った。

「あれだけの失態を演じたんだから誠意を見せたいって気持ちは分かるわよ」

「分かって頂けて幸いであります」

　フェイはホッと息を吐いた。

「けど、夜伽をするから許してくれなんて言っても許してもらえないわよ」

「――ッ！　なら、どうすれば許して頂けるのでありますか？」

フェイは息を呑み、詰め寄ってきた。エレナが手の平を向けると、立ち止まった。

「普通に謝ればいいのよ」

「クロノ様は許してくれなかったであります！　夜伽しか打つ手がないであります！」

フェイは跪き、エレナの足に縋り付いた。その姿を見ても哀れ以上の感情は湧かない。自身がクロノの足下に跪く時はえもいわれぬ感覚に支配されるのに――。

「夜伽、夜伽って簡単に言うけどね。夜伽はアンタが思ってるよりずっと大変よ」

「そ、そんなに大変なのでありますか？」

「当たり前でしょ！」

「ひぃッ！」

エレナが声を荒らげると、フェイは小さく悲鳴を上げた。

「少なくともアンタみたいな考えじゃ務まらないわ」

「私は騎士としても、女としても役立たずなのでありますね。父上、母上、私は……フェイはムリファイン家を立て直せそうにないであります。ふぐ、ふぐぅぅぅぅッ！」

フェイは力なく頭を垂れ、べそべそと泣き始めた。

「ちょっと、泣かないでよ」

「く、クロノ様にまで見捨てられたら、もう、おしまいであり、おしまいであります！」

「切羽詰まってるのね」

エレナはしみじみと呟いた。涙と鼻水で顔をぐしゃぐしゃにして泣く姿は騎士らしくないし、二十歳を超えた女にも見えない。子どもと考えて接した方がいいだろう。

「もう泣くんじゃないわよ」

「で、ですが、ふぐ、見捨てられて、ふぐぐ、しまったであります」

エレナが頭を撫でると、フェイはえずきながら言った。

「クロノ様はそんな簡単に部下を見捨てるような人間じゃないわよ」

「本当でありますか？」

フェイが顔を上げる。瞳が期待に輝いている。本当に子どもみたいだと思う。

「本当よ。だって、あたしにアンタを慰めるように命令してるのよ？　それって関心があるってことでしょ？　そう思わない？」

「だったら、どうして許してくれないでありますか？」

「クロノ様はアンタが失敗したから怒ったんじゃないの。命令を無視して盗賊を追い掛けて仲間の命を危険に曝したから怒ったの。分かるわよね？」

「……」

フェイは黙り込んだ。分からないって言われたらどうしようかしら？　とそんな不安が湧き上がってくる。だが、その時はその時だ。彼女の理解力にまで責任は持てない。

「……そうでありますね。私はクロノ様の命令を無視してしまったであります」

「そうよ。偉いわ。よく分かったわね」

エレナが優しく声を掛けると、フェイは立ち上がった。突然の出来事に目を見開く。

「どうしたのよ？」

「クロノ様に謝ってくるであります！」

そう言って、フェイは部屋を飛び出した。

「……本当に子どもみたいなヤツね」

エレナは溜息を吐き、床に制服が脱ぎ散らかされていることに気付いた。

慌てて制服を拾い上げ、フェイの後を追う。上からバンッという音が響く。

多分、フェイがクロノの部屋の扉を開けたのだろう。

あの馬鹿！　と心の中で毒づき、階段を駆け上がる。運動不足で脚がぱんぱんになる。

クロノの部屋に入る。すると、フェイがクロノの足下に跪いていた。

クロノがこちらに視線を向ける。何をしたの？　と言いたそうな顔だ。

「クロノ様！　ようやく分かったであります！」

「何が分かったの？」

クロノはフェイを見下ろした。あのくだらないものを見るような目でだ。

自分が見られている訳ではないのに体が熱い。フェイも同じなのか身を竦ませている。

「クロノ様が怒っていた理由であります」

「続けて」

クロノが先を促すと、フェイはおずおずと口を開いた。

「私はクロノ様の命令を無視し、さらには仲間の命を危険に曝してしまったであります」

「理由を理解したことは分かった。で、なんで命令を無視したの？」

「それは……」

フェイが口籠もり、エレナは心の中で声援を送った。

「功名心に逸ってしまったであります。護衛任務を放棄して申し訳なかったであります」

「それで、これからどうするの？」

クロノはイスに座ると脚を組んだ。

「二度と自分勝手な行動をしないと誓うであります」

「……そう」

クロノは静かに頷き、黙り込んだ。長い、長い沈黙の後で口を開く。

「失敗をするなとは言わない。でも、自分勝手な行動で仲間を危険に曝したなら別だ。今回は許すけど、二度とこんなことはしないように」

「はッ！　承知いたしましたであります！」

そう言って、フェイは立ち上がった。重圧から解放されたせいか、表情は晴れやかだ。

「最後に……」

「はッ！　なんでありますかッ？」

フェイは背筋を伸ばして言った。

「なんで、下着姿なの？」

「クロノ様に許して頂くために夜伽を務めようと思ったのであります！」

「そうなんだ」

クロノは淡々(たんたん)とした口調で言ったが、エレナは口元が綻(ほころ)んだ瞬間(しゅんかん)を見逃(みのが)さなかった。

「しかし、自分は浅はかだったであります！　エレナ殿の下で修業(しゅぎょう)を積み、出直してくるであります！」

「あ、そうですか」

クロノは残念そうに言った。

第三章『なんちゃってメイド』

帝都に到着した翌日——レイラはマイラと向かい合い、茶飲み話に興じていた。それもマイラの部屋で、だ。部屋のレイアウトは三階にある客室とそう変わらない。違いがあるとすればティーパーティー用のテーブルとイスがあることくらいか。

レイラはイスに浅く腰掛け、マイラの話に耳を傾ける。マイラ——名もない奴隷だった彼女が買われたのは三十数年前のことらしい。当然というか、買ったのは当時傭兵だったクロノの父親——クロード・クロフォードだった。彼は爵位もないのに姓を名乗るような自己顕示欲の強い性格だったらしい。さらにいえば後先考えない性格だったそうだ。

大抵の人間は奴隷に戦い方を教えたり、学を身に付けさせたりしない。武器が自分に向けられたり、陥れられたりすることを恐れるからだ。にもかかわらず、クロードはマイラに戦い方を教え、学を身に付けさせたのである。もちろん、マイラは裏切らなかった。裏切るどころか、今に至るまで献身的にクロードを支え続けている。

マイラはひとしきり話し終えるとティーカップを口元に運んだ。元奴隷とは思えないほど優雅な所作だ。自分も年齢を重ねれば彼女のようになれるのだろうか。そんなことを考えていると、マイラは静かにティーカップを置いた。

「……如何でしたか？」

「はい、胸が熱くなりました」

マイラの話は面白かった。自分も同じようにクロノを支えたいと強く思った。

「質問はありませんか？」

「辛いと感じたことはなかったのですか？」

「そうですね」

マイラは静かに微笑んだ。

「色々ありましたが、南辺境の開拓が一番辛かったですね」

「そうですか」

レイラは小さく呟いた。ひどい話だと思う。皇位を巡る内乱を治めた立役者を原生林の広がる辺境に封じたばかりか開拓を命じたのだ。これが裏切りでなくて何だというのか。

「ですが、南辺境の開拓は成功し、今では帝国有数の穀倉地帯となりました。やはり、旦那様に張って正解でした」

「はい？」

レイラは思わず聞き返した。彼女は何と言ったのだろう。もしかして、旦那様に張って正解だったと言ったのだろうか。いや、ありえない。彼女は献身的に主人を支えるパーフエクトメイドなのだ。そんなギャンブラーのような台詞を言うはずが——。

「やはり、旦那様に張って正解でした。坊ちゃまも順調に出世しているようですし、これからの人生は安泰です」

うははッ！　とマイラは高笑いした。レイラは尊敬の念が薄れていくのを感じた。

ああ、そうだ。自分は彼女を尊敬していたのだ。彼女のようになりたいと思った。

それなのに、ひどい裏切りだ。

「自分の部屋に戻ってもよろしいでしょうか？」

「まだ話は始まったばかりです。まったく、若い方はせっかちでいけません」

「は、はあ」

レイラは曖昧に頷いた。正直にいえば部屋に戻りたい。クロノの傍にいたい。

だが、引き止められてはそうもいかない。

「では、本題に入ります」

「……はい」

マイラが居住まいを正したのでレイラは背筋を伸ばした。

「私の下でメイドとして修業を積んでみませんか？」

「メイドですか？」

「ええ、その通りです」

レイラが問い返すと、マイラは満足そうに頷いた。

「あの、私は、実質三日程度しか帝都にいられないのですが……」

「三日あれば基礎を叩き込むのに十分です」

「舞踏会にも参加しなければなりません」

「十分です」

マイラは力強く言い切った。レイラをメイドにしたいという強い意志を感じる。

「何故、私なのでしょうか？」

「坊ちゃまの愛人ですので。将来のために影響力を残しておきたいと思いまして」

マイラがしれっと言い、レイラは目眩を覚えた。自分のことしか考えていない。

どうして、こんな人を尊敬してしまったのだろう。一生の不覚だ。

「さらにいえば旦那様と同じように何かを残しておきたいと思いまして」

「だん……クロード様と同じように、ですか？」

「私の目は確かでした。貴方にはメイドの素質があるようです」

マイラはにんまりと笑った。

「あの、私は兵士としてクロノ様にお仕えできれば満足です」

「そうですか。それは残念です。私ではなく、坊ちゃまがです」

「何故、クロノ様が残念がるのですか？」

「殿方は常に愛する女性に美しくあって欲しいと思うものです」

「——ッ！」

レイラは息を呑んだ。クロノがドレスを用意してくれたことを思い出したからだ。あの時は深く考えなかったが、もしかしたらそんな思いがあったのかも知れない。

さらに、とマイラは続けた。

「美しさとは外見のみに宿るものではありません。理解していますね？」

「は、はい」

レイラは頷いた。マイラが香茶を飲む所作を優雅だと思ったのだ。頷くしかない。

「教養もまた美しさの一つと言えるでしょう」

「……はい」

レイラは血を吐くような思いで言葉を紡いだ。やはり、自分は馬鹿だ。思慮が浅い。美しさとは容姿だと思い込んでいた。恥ずかしさのあまり死んでしまいそうだ。

「貴方は現状に満足して高みを目指すことを怠ってしまいました」

「は、はい、申し訳ありません」

ようやく、ようやくマイラが残念と言った意味が分かった。

高みを目指すことを忘れた愛人を持ったクロノが可哀想だと言ったのだ。

「あ、あの！」

「どうかなさいましたか、お客様」

「――ッ！」

お客様という言葉にレイラは衝撃を覚えた。彼女は先人として接してくれていた。だというのに自分は勝手に失望していた。なんて愚かだったのだろう。

「します！　メイドの修業を積みます！　いえ、積ませて下さいッ！」

「修業は厳しいですが？」

「耐えます！　耐えてみせます！」

「素晴らしい。やはり、私の見立てに間違いはありませんでした」

パチ、パチとマイラは手を打ち鳴らした。

「修業は過酷ですが、この試練に打ち勝った時、貴方は新たな高みに登ることができるでしょう。そんな貴方を坊ちゃまは誇らしく思うに違いありません」

「……私がクロノ様の誇りに」

レイラは呟き、生唾を呑み込んだ。

「覚悟ができたようですね」

「はい！」

「では、私はこれから上司として貴方に接します。以降は私を教官と呼びなさい」

「はい、教官」

「殿を忘れています」

「はい、教官殿」

「声が小さい！」

「はい！　教官殿ッ！」

マイラに叱責され、レイラは声を張り上げた。

「いい声です。返事は『はい』、もしくは『いいえ』で答え、私に対しては教官殿、坊ちゃまには旦那様、クロード様には大旦那様を付けなさい」

「はい！　教官殿ッ！」

マイラは心地よさそうに目を細めた。

「それから帝都にいる間は坊ちゃまの部屋を訪れることは禁止します」

「そ、そんな！」

「返事は『はい』、もしくは『いいえ』だけです！」

「……」

レイラは押し黙った。どちらを選んでも叱責される予感があった。

「沈黙……それもまた選択の一つでしょう」

マイラは静かに立ち上がった。扉に歩み寄り、開け放つ。

「貴方の気持ちは分かりました。そんなに同衾したいのであれば止めません。しかし、残念です。貴方が坊ちゃまの誇りとなる機会を捨ててしまったことが残念でなりません」

「……くッ」

レイラは呻いた。ハシェルを発ってから一度もクロノとまぐわっていない。

経験則に過ぎないが、今夜あたりクロノが求めてきてくれるはずなのだ。

「せめて、明日から」

「話になりません。貴方が選べるのはメイドになるか、ならないかのどちらかです」

取りつく島もないとはこのことか。レイラは唇を噛み締めた。正直にいえば愛し合いたい。求めて欲しい。だが、それだけではクロノの誇りになれない。いつかまたその重みに耐えきれなくなる。自分を取るか、クロノを取るか選ばなければならない。

「……分かりました」

「素晴らしい」

レイラが言葉を絞り出すと、マイラは微笑んだ。その微笑みが悪魔のそれに思えた。

彼女はクローゼットを開けるとメイド服を取り出した。

「これを貴方に授けましょう」

「はい、教官殿」

レイラは立ち上がり、マイラからメイド服を受け取った。

「着てみて下さい。ああ、着替える時はベッドを使って構いませんよ」

「はい、教官殿」

レイラは踵を返し、ベッドの上にメイド服を置いた。ふとあることに気付く。

「教官殿！」

「何ですか？」

「スカートの丈が短いようなのですが……」

レイラはベッドの上に置いたメイド服――そのスカート部分を見下ろした。

膝、いや、もっと短い。これでは下着が見えてしまうのではないか。

「……それに胸元も」

レイラは呻いた。大きく開いていないので分からなかったが、胸元に余裕がある。それもかなり。これでは上から覗き込まれたら下着が見えてしまう。

「それが何か？」

「下着が見えてしまいます」

「それが？」

マイラは淡々と言った。何が問題なのか分からないとでも言いたげな態度だ。常識的に考えて分からないということはないだろう。つまり、わざとだ。

「下着を着けなくても私は一向に構いませんが？」

「私は構います！」

「そうですか。残念です」

レイラが叫ぶと、マイラは溜息交じりに言った。

「このメイド服を着れば坊ちゃまはお喜びになるでしょう」

「クロ──旦那様が」

「ええ、坊ちゃまはメイド好きですから」

「本当ですか？」

「ええ、本当です」

レイラはマイラを見つめた。嘘ではないかと思うが、確かめる術はないに等しい。侯爵邸でクロノはどうだっただろう。ふと女将のことを思い出した。一時期、女将は胸元が開き、スカート丈が短いメイド服を着ていた。もし、あれがクロノの要望に応じていただけだとしたら。心臓の鼓動が速まる。まさか、そんな、だが——。

「どうしますか？」

「着ます」

レイラは軍服に手を掛けた。視線を感じるが、あえて無視して軍服を脱ぐ。脱いだ軍服を畳み、メイド服に着替えるが、本当にぎりぎりだった。こんなことでクロノの誇りになれるのだろうかという疑念が湧き上がる。

「こちらを向きなさい」

「はい、教官殿」

レイラは踵を返し、慌ててスカートを押さえた。本当にぎりぎりなのだ。スカートを押さえなければ下着が見えてしまう。マイラはしげしげとレイラを見つめた。着替えを見られても何も感じなかった。それなのにメイド服を着た今は見られるのが恥ずかしい。

「まあまあですね」

「ありが——」

「ですが、勘違いしてはいけません」

マイラはレイラの言葉を遮り、足を踏み出した。そのまま目の前を行ったり来たりする。

「よろしいですか？　今の貴方は雑役女中でさえない、なんちゃってメイドです」

「なんちゃってメイド」

「この世で最も劣ったメイドの名です」

レイラが鸚鵡返しに呟くと、マイラは小馬鹿にするような表情を浮かべた。

「しかし、悲観することはありません。私が貴方にメイドとは何かを叩き込んで差し上げます。訓練は厳しいですが、この試練を乗り越えた時、貴方はメイドとして第一歩を踏み出すことになるでしょう。嬉しいですか？」

「はい、教官殿」

「声が小さいです！　もっと腹から声を出しなさいッ！」

「はい！　教官殿！」

「もっとです！」

「はい！　教官殿ッ！」

ふぅ、とマイラは溜息を吐き、首を横に振った。

「先が思いやられますが、私は見捨てません。貴方が前に進む意志を持つ限り。返事は？」

「ありがとうございます！　教官殿ッ！」

「では、仕事を開始するとしましょう。まずは玄関、前庭、厩舎の掃除です。掃除が終わったら坊ちゃまと旦那様を起こしに行き、朝食を準備します。といっても下拵えはすでに済んでいますが……ああ、大切なことを忘れていました」

マイラは思い出したように言い、クローゼットから箒を取り出した。

何故、箒がクローゼットにあるのか。きっと、突っ込んではいけないのだろう。

「坊ちゃまとまぐわれない貴方のために用意した恋人のことをすっかり忘れていました。さあ、受け取りなさい」

「はい！　教官殿ッ！」

マイラが差し出した箒を受け取る。えらく年季の入った箒だった。

柄の部分は黒ずみ、てかてかと輝いている。

「掃除の時は箒が、料理の時はキッチンナイフが貴方の恋人です。決して浮気などしないように。たとえ、それが坊ちゃまでも」

「旦那様から求められた時はどうすればよろしいのでしょうか？」

「心配は無用です」

マイラはニヤリと笑った。悪魔のような笑みだ。当然、いい予感はしない。

「坊ちゃまには昨日の内に話を通しておきました。メイド修業の妨げになるので貴方には手を出さないように、と」

「クロ——旦那様は承知されたのですか？」

「最終的には承知して頂けました。昨夜も貴方を呼びたくて仕方がない様子でしたが」

「なッ！」

レイラは絶句した。マイラの話が事実だとすれば昨夜はまぐわることができたのだ。その機会を奪われた。許せることではない。精一杯の憎悪を込めて睨み付ける。

だが、マイラは何の痛痒も感じていないようだった。それどころか、微笑んでいる。憎悪を向けられているのではなく、祝福されていると感じているかのように。

「帝都を離れるまで坊ちゃまが貴方に手を出すことはありません。分かりましたか？　分かったのなら外に出て掃除を始めましょう」

「……くッ」

憎しみで人が殺せたら、とレイラは呻いた。

「返事がありませんよ！　なんちゃってメイドッ！」

「はい！　教官殿ッ！」

レイラは自棄になって叫んだ。自分は進む道を間違えたのかも知れない。

そんな思いが脳裏を過った。

※

「旦那様、起きて下さい」

そんな声と共に体を揺すられる。ゆさゆさではなく、ゆさ、ゆさという感じだ。遠慮しているのか、慣れていないのか、その両方か。眠気を追い払うには足りない。

「教官殿！」

「続けなさい」

そんな遣り取りが聞こえる。何事かと目を開けると、レイラがこちらを覗き込んでいた。軍服姿ではない。メイド服姿だ。胸元に余裕があり、下着が見える。得した気分だ。

「おはよう」

「お、おはようございます、旦那様」

クロノが体を起こして挨拶をすると、レイラは跳び退り、上擦った声で言った。

しげしげとレイラを眺める。太股が見えるほど短いスカート、余裕のある胸元。

それは前傾になったり、階段を上ったりするとどちらの下着も見えるということだ。

素晴らしい。ここは天国だろうか。

レイラはベッドの傍らでもじもじしている。恥ずかしいのか、耳まで真っ赤だ。

「あ、あの、旦那様？」

「旦那様？」

クロノは鸚鵡返しに呟いた。いつもはクロノ様なのに——。

訝しんでいると、マイラが一歩前に出た。

「申し上げた通り、彼女にはメイドとして働いて頂いております」

「ああ、そういえばそんな話をしたね」

長旅の疲れを癒やして欲しいと思っていたのだが、マイラがレイラにご執心だった。

何が何でもレイラをメイドにしたいという熱意を感じた。

それで仕方がなく、レイラがＯＫすればという条件で許可を出したのだ。

その直後にメイド修業の邪魔をしないように言われたのは驚いたが——。

「坊ちゃま、私の仕事は如何でしょうか？」

「……」

クロノは改めてレイラを見つめた。美しい脚線美、慎ましくも自己主張する胸、さらに上気した頬、力なく垂れた耳。まさに——。

「パーフェクトだ、マイラ。パーフェクト。仕事着であるはずのメイド服のスカートを短くし、胸元に余裕を持たせるという暴挙。だが、そこがいい」

「お誉めに与り恐悦至極に存じます」

マイラはニヤリと笑い、軽く頭を下げた。

「では、メイド服姿のレイラをご覧になった感想は？」

「すごくいい」

「あ、ありがとうございます、旦那様」

レイラは勢いよく頭を下げ、慌てた様子でスカートを押さえた。頭隠して尻隠さず。スカートを気にするあまり胸元への注意を怠ってしまった。やはり、ここは天国だ。

朝からいいものを見せてもらった、とクロノはベッドから下りた。

だが、レイラとマイラは出て行かない。下着姿を見られても恥ずかしくはないが――。

「着替えたいんだけど？」

「坊ちゃま、着替えを手伝うのもメイドの仕事です」

「一人でできるから……」

いいよという言葉をすんでの所で呑み込む。わざわざ手伝うと言ったのは――。

「それは服を手渡すだけではなく？」

「もちろんでございます」

「跪いてズボンを穿かせてくれるんですか？」

「手伝うとはそういう意味では？」

「じゃ、じゃあ、お願いしようかな」

マイラが当然のように言い、クロノは折れた。もうしばらくこの天国にいたい。

「レイラ、手伝いなさい」

「はい、教官殿」

マイラの命令に従い、レイラはクローゼットに歩み寄った。軍服を取り出すために手を伸ばすと、メイド服のスカートが引っ張られる。

レイラはスカートを押さえようとしたが――。

「そのまま軍服を取りなさい」

「は、はい、教官殿」

マイラに命令され、レイラはスカートを押さえるのを止めて軍服に手を伸ばす。スカートが引っ張られるが、ぎりぎりの所で見えない。何とか軍服を取り出して戻ってくる。

「軍服はベッドの上に。まずはシャツを」

「はい、教官殿」

レイラは軍服をベッドに置き、シャツを手に取った。下着が見えそうになる。

だが、今回もぎりぎりの所で見えなかった。

「旦那様、どうぞ」

「ありがとう」

クロノは礼を言い、シャツに腕を通した。背中に柔らかなものが触れる。レイラの胸だ。

レイラは頬を赤らめつつ踵を返し、ハッとしたようにスカートを押さえる。

スカートが広がらないようにゆっくりとズボンを手に取り、クロノの足下に跪いた。

胸元から下着が見える。素晴らしい。やはり、ここは天国だ。

※

食堂には芳ばしい匂いが漂っていた。クロノはイスに座り、朝食が出来るのを待つ。

「もっと速く！　手際よく炒めなさい！」

「はい！　教官殿ッ！」

厨房からレイラとマイラの声が響く。なんだかんだといい師弟のようだ。

クロノはレイラのミニスカメイド服を思い出した。最初は素晴らしいと思ったが——。

「生殺し感があるんだよね」

「何を言ってるんだ、お前は？」

クロノがぼやくと、対面の席に座っていた養父が呆れたような表情を浮かべた。

「レイラのミニスカメイド服のことだよ」

「襲っちまえばいいじゃねぇか」

「父さんに同意を求めたのが間違いだったよ」

養父が当然のように言ったので　クロノは溜息を吐いた。相談相手を選ぶのは大事だ。

ふと養母――エルアのことを思い出した。養母と一緒にいられたのは一年くらいだ。だが、その一年で多くのものを与えてくれたと思う。彼女は母親であり、恩人だ。

養母がいなければ悲観して死を選んでいただろう。

「まさか、母さんを襲ったことはないよね？」

「馬鹿野郎、俺がそんなことをする訳ねぇだろ」

養父はムッとしたように言った。流石の養父もそんなことは――。

「何度も襲ってやろうと思ったけどよ」

「台無しだよ」

「けどよ、出会った頃のあいつは嫌な女だったんだぜ」

「そうなの？」

思わず問い返す。クロノの知る養母は穏やかで嫌な女とは程遠い人物だ。

「そうなんだよ。俺のやり方に文句を言いやがるし、誇りだの、騎士道だのってうるさくってな。そんなもんで勝てるならそうしてるってんだ」

「……そうですか」

クロノは養父から目を逸らした。初陣で斥候を騙し討ちしたことを思い出したからだ。

「よく襲わなかったね」

「力ずくで犯しても屈服させられそうになかったしな」

「屈服って」

「嫌な女は屈服させるのが俺のスタイルなんだよ。いつか、お前にも分かる」

「分かりたくない」

「いや、お前にも分かる。なんたって俺の息子だからな」

養父は腕を組み、ニヤリと笑ったその時、レイラとマイラが食堂に入ってきた。

銀のトレイの上に料理を載せている。

「旦那様、どうぞ」

「ありがとう」

レイラがクロノの前に料理を置いた。パンと卵スープ、ソーセージの盛り合わせというシンプルなメニューだ。

「そういえばエレナとフェイは？」

「二人とも眠（ねむ）っています」

「まあ、仕方がないか」

エレナは朝が弱いみたいだし、フェイは——きっと、疲れているのだろう。その時、養父が体を傾（かたむ）けた。レイラのスカートの中を覗こうとしているのだ。マイラが前に出て、養父の視線を遮る。流石、いい仕事をする。無言で養父の前に料理を並べていく。

「旦那様、どうぞ」

「お、おう」

養父は背筋を伸ばした。スプーンを手に取り、横に投げる。拾うふりをしてレイラのスカートの中を覗くつもりだ。マイラの手が閃（ひらめ）く。次の瞬間、スプーンが握（にぎ）られていた。

「どうぞ」

「お、おう」

マイラが恭（うやうや）しく差し出したスプーンを養父は渋々（しぶしぶ）という感じで受け取った。クロノはパンを二つに割った。湯気が立ち上り、芳ばしい匂いが広がる。片方を頬張（ほおば）る。パンは柔らかく、ほのかに甘味があった。次に卵スープを口に運ぶ。あっさりとしているが、味わい深い。ソーセージを口にする。皮はパリッとしていて、肉汁が溢れ出てくる。味付けは塩胡椒のみとシンプルだが、それが素材の味を引き出している。

「マイラがパンとスープで、レイラがソーセージかな」

「はい、その通りです」

レイラは恥ずかしそうに俯いた。

「如何でしたか？」

「うん、美味しかったよ」

「ありがとうございます」

レイラは嬉しそうに顔を綻ばせた。

「そういや、今日はどうするつもりなんだ？」

「今日は特に……」

クロノは口を噤んだ。嫌な予感がした。研ぎ澄まされた危機察知能力が囁いている。

「今日は忙しいです」

「何だよ、久しぶりに親子の語らいをしたかったのによ」

「僕も残念だよ」

クロノは内心胸を撫で下ろした。親子の語らいとは木剣を使った乱取りだ。養父は本気で――本人は否定するだろうが――打ち込んでくるので大変なのだ。

ともあれ、今回は危険を回避することができた。クロノはソーセージを囓り、微笑んだ。

※

クロノは食事を終えると、クロフォード邸を出た。本当はのんびりしたかったが、時間があるのなら親子の語らいをしようと言われても困る。どうやって時間を潰すか考えながら第四街区を歩く。元の世界なら簡単に時間を潰せるのだが、この世界では時間を潰すのも一苦労だ。乗馬が下手なので二本の脚にしか頼れないのも痛い。

「お！　クロノじゃないかッ！」

「違います！」

「何を言ってるんだ、お前は？」

否定しながら振り返ると、軍服姿の男が立っていた。目付きの悪い、団子っ鼻の男だ。軍学校の同期――サイモン・アーデンだった。

「なんだ、サイモンか」

「なんだとはなんだ。同期に向かって」

サイモンはクロノに歩み寄り、顔を顰めた。右目のことが気になったのだろうか。

「お前、その右目……」

「神聖アルゴ王国軍と戦った時にちょっとね」

「そうか。噂には聞いていたが、お前がそんな怪我をしたとは思わなかった」

「噂って、どんな？」

思わず尋ねる。いい噂ではないだろうが、どんな噂をされているのか気になったのだ。

「お前が千人の兵士を率いて神聖アルゴ王国軍一万を撃退したとか、エラキス侯爵が逃げ出したとか、俺が知っているのはその程度だ」

「なんだ、その程度なんだ」

クロノは胸を撫で下ろした。もっとひどい噂が流れているのかと思ったが——。

「エラキス侯爵を毒殺したとか、夜な夜な女をベッドに連れ込んでるとか、そういう噂もあるが、俺は信じちゃいない。お前はそういうヤツじゃないからな」

「ああ、そういう噂も流れてるんだ」

クロノは呻いた。多分、夜な夜な女を云々はティリアのメイドが流したのだろう。

「気にするな。どうせ、上級貴族どもがお前の活躍に嫉妬してるんだ」

「だといいんだけどね」

「意外だな。お前は噂なんて気にしないと思ってたんだが……」

「陰口を叩かれるのはいいんだけど、こういう噂が流れてるって言われるのはちょっとね」

「余計なことを言っちまったか？」

「いや、教えてもらえてよかったよ」

　どんな噂が流れているか知っていればダメージは少ない。

「クロノ、時間はあるか？」

「ちょうど暇してた所だけど？」

「なら付き合え」

　そう言って、サイモンは歩き出した。やや遅れて付いていく。軍学校を卒業してしばらく経つが、横暴というか、自分本位な所はあまり変わっていないらしい。

「何処に行くの？」

「表通りにある食堂だ。といっても飯は美味くないし、量もないけどな」

　ふ～ん、とクロノは相槌を打った。それは食堂ではなく、喫茶店ではないかと思ったが、それを指摘するのは野暮だろう。それに怒らせても困る。

　きょろきょろと視線を巡らせる。第四街区は富裕層が住んでいるので整然としている。

ゴミも落ちていない。当然、腐敗臭もしない。

「どうした？　何か珍しいものでもあるのか？」

「一応、領主だからさ。何か参考になるものがあれば真似しようと思って」

「領主ってのは大変なんだな。参考になるものはあったか？」

「すぐには見つけられないよ」

「それもそうだな」

サイモンは相槌を打ち、立ち止まった。

「あそこだ」

サイモンが指を差したのは通りの向こうにある店だった。クロノ達は通りを横切り、店の中に入った。人気のある店らしく席は埋まっている。

別の店にすべきか悩んでいると、サイモンは窓際のテーブル席を指差した。

「あの席にしよう」

「人がいるよ？」

彼が指差したテーブル席には男が座っていた。俯いて本を読んでいるので顔は見えない。

「大丈夫だ」

「喧嘩にならなければいいけど」

クロノは溜息を吐きつつ、サイモンの後を追った。

「座るぞ」

「こ、ここは僕が――ッ！」

サイモンがどっかりと座ると、本を読んでいた男は顔を上げ、息を呑んだ。

びっくりしたというのであればクロノも一緒だ。本を読んでいた男は顔見知りだった。

軍学校の同期――ヒューゴ・エドワースだった。

「座るぞ？」

「勝手にして下さい」

「クロノが座れないから端に寄れ」

「分かりましたよ」

ヒューゴは吐き捨てるように言い、窓際に寄った。

「悪いね」

「もう慣れました。まったく、軍学校を卒業したというのに……」

ぶつぶつと文句を言うヒューゴを横目に見ながら席に着く。

すぐにウェイトレスがやって来た。残念ながらメイド服は着ていない。

「お客様、ご注文はお決まりですか？」

「お勧めブレンドを頼む。クロノもそれでいいだろ？」

「任せるよ」

「ご注文を承りました」

ペコリと頭を下げ、ウェイトレスは去って行った。視線を感じて隣を見る。

すると、ヒューゴがチラチラとこちらを見ていた。

「クロノ君、聞きましたよ。大変だったみたいですね」

「何とか生き延びたよ」

クロノは溜息交じりに応じた。

「お待たせしました」

ウェイトレスはクロノとサイモンの前にカップを置いた。湯気が立ち上り、刺激のある匂いが漂っている。どうやって作っているのか知りたかったが、尋ねようにもウェイトレスは立ち去った後だった。

クロノはカップを手に取り、意を決して香茶を飲んだ。香茶が食道を通り、胃に到達する。すると、体がかっと熱くなった。その不思議な感覚に目を見開く。

「驚いただろう？　癖はあるが、体が芯から温まる。冬場はありがたい」

「ふ〜ん、よく来るの？」

「ああ、仕事が終わった後にな」

サイモンは拗ねたような口調で言った。

「彼は帝都の警備兵をしているんですよ。第十二街区でしたか？」

「第五街区だ」

ヒューゴの言葉をサイモンは訂正した。

「第五街区でよかったじゃない」

「第十二街区の方がよかった」

やはり、拗ねたような口調で言う。第十二街区は酒場や売春宿が集まった歓楽街だ。表通りは秩序が保たれているが、裏通りは盗品市場や薬物を売る店があるらしい。殺し合いを見世物にした違法賭博もあるというからすさまじい。

「危ないよ」

「それを望んでいるんだ。配属されてから俺がしたことと言えば喧嘩の仲裁や酔っ払いの世話、しょっぱい犯罪の捜査くらいだ。こんなんじゃ腕が錆び付いちまう」

サイモンは拳を握り締めた。そういえば彼は近衛騎士になりたがっていた。第五街区の警備兵をしているということは入団試験に落ちたのだろう。無理もない。近衛騎士団は帝国軍の最エリートだ。実力の他に家格も求められる。

「腕が錆び付くということはまだ諦めていないんですね」

「当たり前だ。俺は必ず近衛騎士になる」

「精々、頑張って下さい。僕は財務局で頑張ります」

「ヒューゴは財務局に入ったんだ。すごいね」

クロノは素直な感想を口にした。帝国には四つの行政組織――軍務を司る軍務局、法律を起草・発布する尚書局、皇族の生活を取り仕切る宮内局、直轄地の運営と財政を司る財務局が存在する。中でも財務局はエリート中のエリートだ。

「ま、まあ、僕の頭脳があれば財務局に入るなんて簡単ですよ。昨日も使えないおっさんを叱り飛ばしてやりましたよ」

ヒューゴはくいっと眼鏡を上げた。マンガに出てくる博士みたいだ。

「本当にすごいよ。僕は皆に支えられてやっと領地運営ができてる感じなのに」

「ま、まあ、僕とクロノ君では頭の出来が違いますからね」

うはは！　とヒューゴは笑った。

「……おい」

「な、なんですか？　僕は嘘を吐いていませんよ」

サイモンが声を掛けると、ヒューゴは顔を背けた。挙動不審気味だ。

「嘘を吐いたの？」

「嘘は吐いていません。僕は財務局で働いてます」

「こいつは集配係だよ」

「集配課です！」

　ヒューゴは苛立ったように言った。

「集配課？」

「書類を運ぶ立派な仕事ですよ。僕がいなければ仕事が始まりません」

「誰にでもできる仕事だろ。さっきの話だって自分が叱り飛ばされたに決まってる」

「僕は悪くありません！あの老害が責任を押し付けたんです！　よくも僕の尻を蹴り飛ばしやがったな！　僕は不愉快だ！」

　くきぃぃぃッ、とヒューゴは奇声を上げた。

「皆、立派に働いてるんだね」

「同期の中じゃお前が一番の出世頭だけどな」

「同期の中じゃ？　それって皆の配属先を知ってるってこと？」

「当たり前だろ」

「僕は皆の配属先を知らないんだけど？」

「お前は、卒業できるか怪しかったからな」

サイモンはしみじみとした口調で言った。口調から察するに悪気はないようだが――。

「クロノ君は士爵位も授与されませんでしたからね。卒業間近にワイズマン教師補と一緒にあちこち頭を下げる姿を見て、ああはなりたくないと思ったもんです」

「うるせぇ、集配係。てめぇの家に火を付けるぞ」

「なッ！　クロノ君まで！」

うぐぐ、とヒューゴは呻き、クロノから顔を背けた。挑発してきたくせに面倒な男だ。

とはいえ、卒業を危ぶまれていたのも、配属先が最後まで決まらなかったのも事実だ。

「そういえば、どうして帝都にいるんだ？　領地のことはいいのか？」

「舞踏会の招待状が届いたんだよ」

「舞踏会？」

サイモンが訝しげに眉根を寄せる。

「明日、アルデミラン宮殿で舞踏会が開催されるみたいですよ」

「本当に出世頭だな」

ヒューゴが説明すると、サイモンは小さく溜息を吐いた。

「クロノ君は皇女殿下のお気に入りですからね」

「そういう言い方は止せ」

意外というべきか、サイモンがヒューゴを窘めた。

「本当のことですよ」

「違う。あの軍事演習でクロノだけが最後まで諦めなかった。だから、皇女殿下の目に留まったんだ。それを運がよかったみたいな言い方をしたら俺達が惨めになるだけだ」

「そうですね。失言でした。申し訳ありません、クロノ君」

サイモンが溜息を吐くように言うと、ヒューゴは素直に自分の非を認めた。

軍学校時代の二人はもう少し拗れた感じだったが、社会に出て変わったのだろう。

「なあ、神聖アルゴ王国軍との戦いについて教えてくれないか？」

「いいけど、僕自身は大したことをしてないからね。全部、部下のお陰だよ」

「ああ、それで構わない。お前もいいよな？」

「僕は本を……それでいいです」

サイモンに睨まれ、ヒューゴは頷いた。何から話すべきか、とクロノは腕を組んだ。

※

「もっと、手際よく床を掃きなさい！」

「はい、教官殿ッ！」

クロノが玄関の扉を開けると、マイラとレイラの声が響いた。二人は階段の踊り場で掃き掃除をしていた。角度が悪いのか、レイラの下着が見えそうで見えない。

まあ、それはいいとして——。

「父さん、何をしているの？」

「くそッ、見えそうで見えねぇな」

養父は跪いて階段を見上げていた。一応、悪いことをしている自覚はあるのか、壁の陰に身を隠している。ちょっと情けない姿である。

「父さん！」

「うぉッ！」

クロノがやや大きな声で言うと、養父は飛び上がって尻餅をついた。

「いきなり声を掛けるんじゃねぇよ。びっくりするじゃねぇか」

「それはこっちの台詞だよ」

「お前が何にびっくりするんだ？」

「家に戻ったら父親が僕の愛人のスカートを覗こうとしてたんだよ？　びっくりだよ」

クロノは養父の隣に片膝を突き、階段を見上げた。引き締まったお尻が揺れている。そのたびにスカートが揺れ、ショーツが見えそうになる。だが、見えない。まるで魔法でも掛かっているかのようにぎりぎり見えない。

「お前も同じことをしてるじゃねぇか」

「僕はいいんだよ、僕は。何せ、レイラは僕の愛人だからね」

「それは分かってるけどよ。幸せを分けてくれてもいいじゃねぇか」

「断る！」

養父は拗ねたような口調で言ったが、クロノは拒否した。レイラのお尻は自分のものだ。断じて分ける訳にはいかないのだ。

「俺は老い先が短ぇんだぞ？」

「父さんならあと三十年は生きるよ。百歳まで余裕だよ、きっと」

「チッ、仕方がねぇな」

養父はぼやくように言って、壁に背中を預けて座り込んだ。

「まさか、お前とスカートの中を覗こうとする日が来るとはな」

「申し訳ないんだけど、しみじみする場面じゃないから」

「まさか、お前と娼館通いする日が――」

「最悪だよ！　全然しみじみしないから！　というか、誘われたこともないから！」

「勉強してる時に遊びに行こうって言ったじゃねぇか」

「あれってそういう意味だったの？　なんで、そんな時ばかり言葉を選ぶかな！」

「…………お前、飢えてたんだな」

養父は憐れんでいるかのような目でこちらを見た。

「そういうことに興味がある年頃だったから。というか、父さんって現役なんだね」

「お前こそ、しみじみとした口調で言うんじゃねぇよ」

養父はムッとしたように言い、ふと照れ臭そうに笑った。

「エルアが死んでから俺はアイツに操を立ててるんだ」

「最悪だよ！」

「何が最悪なんだ？　いい話じゃねぇか？」

「母さんが生きてる時から操を立てようよ！　母さん、草葉の陰で泣いてるよ！」

クロノが叫ぶと、養父はきょろきょろと周囲を見回した。ホッと息を吐く。

養母の気配でも感じたのだろうか。

「まあ、なんだ。お前を拾ってよかったぜ」

「拾われたといえばそうなんだけど」

異世界に転移した日、クロノ――久光は自転車に乗って人の姿を求めた。陽が落ちて心細くて泣きそうだった。その時、養父と出会ったのだ。久光はUターンした。筋骨隆々とした人相の悪い男と出会ったのだ。誰でも逃げる。だが、養父は追い掛けてきた。結局、捕まって屋敷に連れて行かれたのだ。

「殺されるかと思ったよ」

「待てって言ってるのに逃げるからだ」

「言葉が通じなかったんだから仕方がないじゃない」

異世界に転移したら言葉が通じるようになるのがお約束なのに一から言葉を覚えなければならなかった。そんな状況だったので名・姓の順で名乗ることも分からず、クロノという呼び名が定着してしまった。

「通訳用のマジックアイテムがなかったらと思うとぞっとするよ」

「ああ、魔術は偉大だ」

養父はしみじみとした口調で言った。

「あいつが皇后の護衛騎士だった話はしたか？」

「何度かね」

「あいつが嫁に来たのは南辺境の開拓を始めた頃でよ。詳しくは聞けなかったが、命令だったみてぇだな。他の連中も似たようなもんで、貴族の娘をくれてやるから尻尾を振れって意味だったんだろうよ」

　クソみたいな話だ、と養父は吐き捨てるように言った。無理もない。内乱を終わらせただけではなく、蛮族を帝国の南端――アレオス山地に放逐した。だというのに報酬として与えられたのは爵位と原生林だけだったのだ。さらにプライドまで踏みにじられた。

「だが、まあ、幸せだった。奪い、奪われるだけの人生に光が差したような気がした。ガキはできなかったが、俺は十分だった。そう思ってたんだが……」

　養父はそこで言葉を句切った。長い、長い沈黙の後で口を開く。

「俺はエルアに『貴方の子どもを産めなくてごめんなさい』って言わせちまった。死ぬ間際にだ。碌でもねぇ男だ。お前がいなけりゃ俺は本当に最低の男になる所だった」

「あの時、僕は嘘を吐いたよ」

「『母さん、息子のことを忘れるなんてひどすぎない？』って言ってたな」

「よく覚えてるね」

「お前を養子にしようと思った一言だからな」

「そうなんだ」

　クロノは静かに目を閉じた。養母が倒れたのはクロノがこの世界に来て一年が過ぎた頃だった。原因不明の高熱が何日も続き、最後の方は意識が混濁していた。辛く、厳しい開拓の日々が養母の体を蝕んでいたのは想像に難くない。

熱に浮かされ、涙ながらに謝罪する姿を見て、クロノは咄嗟に嘘を吐いた。意識が混濁していたのをいいことに息子と偽ったのだ。養母はその嘘を信じて逝った。夫と息子に看取られて逝くなんて、こんなに幸せな人生でいいのかしら。それが最期の言葉だ。

今にして思えば、あの時に黒野久光はクロノ・クロフォードになったのだろう。

「お前は俺とエルアを救ってくれた」

養父はしんみりとした口調で言い、立ち上がった。自分の部屋に戻るつもりか。

そう思ったのだが、養父はクロノの頭を掴んだ。

「よし、親子の絆を深めるぞ」

「勘弁して下さい」

「手加減はしてやる」

養父はニヤリと笑った。

※

クロノはずるずると木剣を引き摺りながら外に出た。憂鬱で仕方がない。さらに——。

「どうなの、あれ？　素人目にも勝ち目があるようには見えないんだけど……」

「勝算は神のみぞ知るでありますね。どれだけ食い下がれるかがポイントであります」

「賭けるヤツはいないか？　俺はクロード殿」

「俺も。つか、クロノ様に賭けるヤツっているんスか？」

「申し訳ないんだけど、クロノ様はな～」

「相手が悪いよ」

エレナとフェイ、サッブ達の会話にやる気が削られていく。

せめて、レイラがいればやる気を出せるのだが、残念ながらメイド修行中だ。

しばらくして養父が出てきた。大剣を模した木剣を担いでいる。

「木剣を探すのに手間取ったぜ」

「本当に手加減してくれるんだよね？」

「俺が嘘を吐いたことがあったか？」

「その言葉を信じて腕の骨を折られかけたことが……」

「そうだったか？」

クロノが右腕を擦りながら言うと、養父は頭を掻いた。本気で忘れてそうだから怖い。

「明日は舞踏会なんだから本当に手加減してよ？」

「分かった分かった」

「死なない程度じゃなくて怪我しないように手加減だからね？」

「お前はどれだけ俺を信じてねぇんだ」

クロノが念を押すと、養父はうんざりしたように言った。正直、これでも不安だ。五メートルほど距離を置き、木剣を構える。養父は木剣を担いだままだ。隙だらけのように見えるが、養父の剣術は我流だ。常識は通用しない。

「おいおい、いつまでこうして見つめ合ってりゃいいんだ？」

「後の先狙いなんだよ」

クロノは木剣を構えたまま答えた。後の先とは要するにカウンターだ。相手に攻撃を仕掛けさせ、先に攻撃を叩き込む。

「仕方がねぇ。挑発に……乗ってやるか！」

養父が踏み込んできた。一足で間合いが潰され、プレッシャーも相俟って養父が巨大化したように見えた。恐らく、元の世界——現代日本では羆と対峙でもしない限り、こんな経験をすることはないだろう。羆というだけで厄介だが、養父は歴戦の傭兵だ。武器だけではなく、知恵にも警戒しなければならない。

不意に視界が翳り、クロノは横に跳んだ。視界が翳った理由を考える暇はなかった。この場に留まっては危険だという内なる声に従ったのだ。次の瞬間、風が通り過ぎ、鈍い音が響いた。養父の振り下ろした木剣が石畳を打ったのだ。

汗がどっと噴き出す。横に跳ばなければ頭を石榴のように割られていた。そうでなくても骨を砕かれていただろう。文句の一つも言いたい所だが、そんな暇はない。攻撃が迫っている。地を這うような攻撃だ。

養父は足払いを仕掛けたつもりだろうが、まともに喰らったら骨が砕けかねない。ジャンプして避けるか。いや、現役時代の養父は今使っている木剣と同サイズの真剣を振り回していた。それほどの膂力の持ち主ならば力ずくで木剣の軌道を変えるなど造作もないはずだ。攻撃を避けるつもりでジャンプして逃げ場を失う可能性もある。

クロノは木剣の切っ先を地面に向け、脚で支えた。ジャンプしても駄目なら受けるしかない。そう考えての行動だ。こちらの意図を察したらしく養父は軽く目を見開き、ニヤリと笑った。肉食獣を連想させる笑みだ。

木剣がぶつかり合い、衝撃が全身を貫く。思わず脚を見る。脚が吹き飛んだかと思ったのだ。脚と木剣は無事だったが、クロノは驚愕に目を見開いた。足下に青空が広がっていた。顔を上げると、逆さまになった養父の姿が見えた。そこでようやく自分が養父の攻撃を受けて反転していると分かった。

馬鹿げた――人間離れした膂力だ。浮遊感が体を包み、咄嗟に片手を地面に付く。そのまま体を捻り、養父と正対するように着地する。流石に驚いたのか、養父は目を見開いた。チャンス！　とクロノは木剣を突き出すが、がくんと膝から力が抜ける。攻撃を受けた時のダメージが残っていたのだ。養父は跳び退って攻撃を躱した。過剰とも思える反応だが、演技である可能性を考慮してのことだろう。

クロノは舌打ちした。養父が油断していないことに対するものでもあるが、折角のチャンスを活かせなかったことに対するものでもある。さらにいえば一撃当てて勝ちを主張するという目論見が潰えたことに対するものでもある。

「随分、思い切りがよくなったじゃねぇか」

「実戦を経験したからね。多少は思い切りもよくなるよ」

クロノは軽口を返した。養父は笑みを浮かべているが、目は笑っていない。どれくらいダメージを負っているのか見定めようとしているのだ。これだけ実力差があるのだから少しくらい油断してくれてもバチは当たらないだろうに。だが、これはチャンスだ。養父はこちらの状態を見定めようとしている。上手くやれば回復する時間を稼げる。そう思ったのだが、養父は木剣を担いだ。

「もう少し楽しめそうだ——なッ！」

養父が木剣を振り下ろし、クロノは横に跳んで躱した。木剣の切っ先が石畳を打つ。再び地を這うような攻撃が迫るが、ぎりぎりまで引きつけて跳び越える。すると、養父は楽しそうに笑った。この短時間で楽しい遊び相手に昇格してしまったようだ。

「やっぱり、死んだふりをしていやがったなッ！」

「死んだふりなんてしてないよ！」

クロノは養父に叫び返した。脚にダメージを受けたのは本当だし、今だってダメージが残っている。もっと時間を稼げればよかったのだが——。

いや、今はそんなことを考えている暇はない。養父は木剣を旋回させ、またしても地を這うような攻撃を仕掛けてきた。三度目——何か意図があるのだろうか。クロノは養父の目を見つめた。目を見れば意図を読めるかも知れない。

そう考えたのだが、何も読み取れなかった。当然か。クロノは超能力者ではないし、三年程度しか武術の経験がない。そんな人間に意図を読まれるようなら養父はとっくの昔に死んでいる。そもそも、目を見ただけで相手の意図を読めたら嘘発見器は必要ない。

どうする？　とクロノが自問した時、木剣の軌道が変化した。突然、切っ先が跳ね上がったのだ。ここに至って養父が三度も同じ攻撃を仕掛けてきた理由を理解した。クロノの意識を足下に向けさせるためだったのだ。

クロノは膝を屈めて木剣を躱した。風が頭上を通り過ぎる。焦げたような臭いがするのは気のせいではないだろう。息を吐くと、どっと疲労が押し寄せてきた。戦っていた時間は三分に満たないはずだが、それしか経っていないのにこれだ。

養父は木剣を担いだ。呼吸を整える時間をくれるのだろうか。いや、それはないか。養父にそんな気遣いができるのならばクロノは親子の語らいから逃げたりしない。降参を勧めるような人物ではないので挑発だろう。養父はクロノの想像が正しかったことを証明するように挑発的な笑みを浮かべ、口を開いた。

「どうした？　逃げて――」

「どうして、躱してばかりなのよ？」

「それは体格差がありすぎるからであります。クロード殿の攻撃を受けたら押し潰されておしまいでありますから逃げ回っているのであります」

養父の言葉をエレナとフェイの会話が遮る。挑発して手招きしようとしていたのにその機会を奪われてしまった形だ。

「つまり、そういうことです」

「分かってて挑発したんだよ！　分かっててッ！」

　クロノが丁寧な言葉遣いで言うと、養父は顔を真っ赤にして言い返してきた。よほど恥ずかしかったのか、大きく踏み込んで木剣を振り下ろしてきた。横に避けるべきだが、あえて前——正確には斜め前に踏み出す。

　木剣が体を掠め、悪寒が背筋を這い上がる。視界の隅で養父を捉える。木剣を振りきった姿勢で動きを止めている。このまま向き直って木剣を当てれば勝ちを主張できると考えた次の瞬間、衝撃が体を貫いた。養父の体当たりを喰らったのだ。

　だが、まともにではない。体当たりを喰らう寸前に地面を蹴り、直撃を避けた。クロノは振り向きざまに木剣を一閃させた。切っ先が服を掠め、養父は嬉しそうに笑った。

「やるじゃ——」

「はい！　勝ちました！　勝ちました！　僕の勝ちですッ！」

　クロノは養父の言葉を遮って叫んだ。

「何を言ってやがる！　戦いはこれからだろうがッ！」

「戦いじゃないです！　はいはい！　終わり終わり！　僕の勝ちです！」

　クロノは手を打ち合わせて叫んだ。この野郎、と養父は呟いて視線を巡らせた。ジャッジを求めているのだろう。残念ながらここにいるのはクロノの部下だ。クロノに不利なジャッジをする訳がない。

「チッ、仕方がねぇな」

養父は舌打ちし、木剣を担いだ。渋々だが、敗北を認めたようだ。

クロノが胸を撫で下ろしたその時――。

「次は私の相手をお願いするであります！」

フェイが名乗りを上げた。何処から持ってきたのか、木剣を握り締めている。使い心地を確かめるように一振りすると、養父は目を細めた。

「おいおい、結構な使い手じゃねぇか」

「嬉しそうだね」

「不完全燃焼だったからよ」

養父は嬉しそうに笑った。皮肉ではなく、純粋に強者と戦えることが嬉しいのだろう。

「まあ、頑張って」

「その前に木剣を置いて行け」

クロノは地面に木剣を置き、エレナの下に向かった。

「お疲れ様」

「本当に疲れたよ」

クロノはエレナの隣に座り込んだ。数分しか戦っていないのにくたくただ。体力はもちろん、気力も根こそぎ持って行かれたような気がする。

「フェイとクロノ様の父親ってどっちが強いの？」

「父さんかな？　いい勝負をして欲しいとは思うんだけどね」

「フェイが勝つとは思わないの？」

「思わない。少なくとも一回目は父さんが勝つよ」

どちらもクロノ程度では実力を推し量れないほどに強いが、それでも、一回目は養父が勝つという確信があった。いや、フェイが負けるという確信だろうか。

クロノは養父とフェイに視線を向けた。二人は五メートルほど距離を取って対峙している。フェイは木剣を中段に構え、養父は木剣を担いでいる。この時点ではフェイに分があるように思える。木剣を担いでいるせいで初手が限定されるからだ。フェイのような強者を相手にこのハンディは大きすぎる。

「行くであり――」

「おらぁぁぁぁッ！」

フェイが言い切るよりも速く養父が仕掛けた。担いでいた木剣を投げつけたのだ。フェイは膝を屈めて木剣をやり過ごした。攻撃を読んでいたのか、それとも咄嗟の判断か。どちらにしても優れた対応力だ。だが――。

「きぃええええええッ！」

「――――ッ！」

養父が奇声を上げ、木剣を振り下ろした。フェイは一瞬だけ体を竦ませ、木剣で攻撃を受けた。一体、何に驚いたのだろう。奇声にか、それとも養父がクロノの木剣を使っていることにか。いや、先程の戦いを基準に実力を推し量ってしまった可能性もあるか。

「きぇッ！　きぇッ！　きぇええええええッ！」

クロノが訝しんでいる間も養父は攻撃を続けている。奇声を上げ、これでもかこれでもかと木剣を振り下ろしている。

「ま、待った！　待ったであります！」

「きぇッ！　きぇッ！　きぇええええええッ！」

防戦一方になったフェイが抗議の声を上げたが、養父はこれでもかこれでもかと木剣を振り下ろす。仕切り直すつもりはないようだ。まあ、養父の立場からすれば当然だ。クロノだって自分が優位な状況で仕切り直すような真似はしない。

「ま、待って欲しいであります！」

「きぃいいいいッ！」

当然、嵐のような猛攻は止まらない。ここに至って仕切り直すつもりがないことに気づいたのか、フェイは攻撃の隙を突き、華麗な足捌きで養父の脇を擦り抜けた。そして、大きく距離を取り――。

「ズルいであります！」

養父を指差して言った。防戦一方に追い込まれたのがショックだったのか涙目だ。

「あ？　自分が宣言して攻撃するのはＯＫで、俺から攻撃するのはズルなのか？」

「う、うぐ、そ、それは……」

フェイは言い淀んだ。

「と、とにかく！　ズルいであります！　ズルいであります！　クロード殿がそのつもりなら私だって神威術を使ってしまうでありますよッ！」

「ガキか、お前は」

フェイが地団駄を踏み、養父は呆れたように言った。その直後、笑みを浮かべる。

「まあ、神威術を使えるってんなら使ってもいいぜ」

あれは何かを企んでいる顔だ。からかおうとしているのかも知れない。

「本当でありますか？」

「嘘は吐かねぇよ」

養父は木剣を杖のように突いた。むむ、とフェイは養父を睨んだ。

意図を探ろうとしているのだろう。真面目に考えない方がいいと思うが——。

「神様、力を貸して欲しいであります！　神威術・活性、神衣！」

薄墨のような闇がフェイの体から立ち上る。漆黒にして混沌を司る女神の神威術だ。活性は身体能力を、神衣は防御力を高める。

「死ぬで……行くでありますッ！」

次の瞬間、薄墨のような軌跡を残してフェイの姿が消えた。乾いた音が響く。音のした方を見ると、養父が木剣を担いでフェイの攻撃を受け止めていた。一瞬で背後に回ったフェイもすごいが、それを受け止めた養父もすごい。養父が木剣を振ると、フェイは弾かれたように跳び退った。

「いたいけな老人を背後から殴ろうなんて敬老精神が足りてないんじゃねぇか？」

「いたいけな老人は奇声を上げて襲い掛かってこないであります！」

養父が向き直って言うと、フェイはムッとした様子で言い返した。

「違いねぇ。だったら、次は真正面から全力で来い」

「死んでしまうかも知れないでありますよ？」

「お前程度に殺されるくらいなら俺はとっくにくたばってるぜ。いいから、掛かってこいよ。お前が全力を尽くしても勝てねぇ男がここにいるぞ」

「分かったであります！」

養父が木剣を担いで手招きすると、フェイは声を張り上げた。あからさまな挑発だったが、ここで乗ってしまうのがフェイという剣士だ。

「神様、我が刃を祝福して欲しいであります！　神威術・祝聖刃！　神様、もう少し力を貸して欲しいであります！　神威術・活性、神衣！」

粘性の高いマグマのような闇が木剣を覆い、薄墨のようにフェイの体から立ち上っていた闇の濃度と量が目に見えて増す。本気で養父を殺すつもりなのではないかと不安になる。

「行くであります！」

「……どっこらせ」

フェイの姿が掻き消えた瞬間、養父は絶妙のタイミングでその場に座り込んだ。

ドンッという衝突音が響き渡り――。

「我が全身全霊、破れたりであります！」

フェイが宙を舞った。養父に躓いたのだ。人が宙を舞う光景を目の当たりにしても驚きはなかった。むしろ、姿が見えなくなるほどのスピードで躓いたのだから宙を舞って当然という気がした。

「おりゃッ！」

「なんの！」

養父が座ったまま木剣を投げるが、フェイは宙を舞いながらも弾き飛ばす。

何とか着地したそこに——。

「おらぁぁぁぁッ！」

養父の蹴りが炸裂し、フェイは塀に叩きつけられた。神威術の効果が続いているようなのでダメージは少なそうだ。

「よし、俺は戻るぜ」

「待って欲しいであります！　納得できないであります！」

養父が家に入ろうとすると、フェイが脚にしがみついた。

「もう一回！　もう一回戦って欲しいであります！」

「馬鹿野郎！　次にやったら俺が負けちまうかも知れねぇだろ！」

「ならアドバイス！　アドバイスが欲しいでありますぅぅ！」

「分かったから手を離せ」

養父がうんざりしたように言うと、フェイは素直に手を離してその場に正座した。

「才能に頼りすぎだ、以上」

「もっと、具体的に教えて欲しいであります」

養父が家に戻ろうとすると、フェイは再び脚にしがみついた。

「お前は馬鹿で経験が足りてねぇ！」

「分からないであります！　もっと具体的に！　具体的に教えて欲しいであります！」

「本当に仕方がねぇな」

養父は深々と溜息を吐いた。こんな姿を見るのは初めてだ。

「お前は強い。俺から見れば未熟極まりねぇが、同世代じゃトップクラスの実力だ。ここまでは流石に分かるな？」

フェイは養父の脚にしがみついたまま、こくこくと頷いた。

「お前はなまじ才能があるせいで苦戦した経験がねぇ。だから、頭を使うべき場面で頭を使おうとしねぇし、さっきみたいにアホな挑発に乗って自滅するんだよ。この分なら、あっさり敵の策に嵌まりそうだな」

うぐッ！　とフェイは呻いた。盗賊の一件を思い出したのだろう。

「それだけじゃねぇ。自分の思い通りにならないとすぐに調子を崩しちまう。心構えができてねぇ証拠だ。常在戦場とまでは言わねぇけどな、戦う時は気を引き締めろ」

「頭を使うのは苦手であります」

「馬鹿なら馬鹿なりに頭を使えってんだよ。そうすりゃ、本当の馬鹿にならずに済む」

「ご指導ありがとうであります」

フェイが養父から離れて頭を下げる。すると、養父はぽかりとフェイを叩いた。

「どうして、殴るでありますか？」

「気が向いたから、もう少し指導してやる」

「ありがとうであります！」

クロードが木剣を担いで言うと、フェイは嬉しそうに返事をした。

「これで僕は安全だ」

「クロノ様らしいわ」

エレナは呆れたように言った。

※

夜――レイラは心地よい疲労感に包まれながら自分の部屋に向かった。マイラの指導は厳しいが、今日だけで色々なことを学べたような気がする。最大の収穫は兵士以外の人生に気付けたことだろう。メイドとしてクロノを支える道もあるのだ。
メイドとしてクロノに奉仕する自分の姿を想像すると口元が綻んでしまう。小さく頭を振る。いけない。自分はメイドなのだ。常に視線を意識しなければならない。自分の態度が旦那様──クロノの評価に影響してしまう。レイラが部屋に入ると──。

「やあ、レイラ」

「旦那様！」

レイラは飛び上がった。クロノがベッドに座っていたからだ。

「どうして、こんな所に？」

「レイラに会いに来たんだよ」

クロノは立ち上がると近づいてきた。そっと壁に手を付き、口を耳元に寄せる。

いつになく積極的だ。これもメイド服の力だろうか。

「いいよね？」

「いけません、旦那様！　私はまだ修行中の身ですッ！」

「求められたら応じるのもメイドの仕事じゃない？　それにあんな姿を見せられたら我慢できないよ。責任を取ってよ」

「お、お許し下さい、旦那様」

レイラは顔を背けた。だが、クロノの言葉にも一理あるような気がした。

「いいよね？」

「は、はい」

頷いたその時、視線を感じた。振り返るとマイラ——教官殿がこちらを見ていた。

扉の隙間からこちらを見る姿は悪魔じみていた。やや遅れてクロノも扉の方を見る。

「うげッ！　マイラ！」

「坊ちゃま、約束を破りましたね」

「そんな約束はして——ッ！」

クロノがその場に頽れた。いつの間にか背後に移動した教官殿が首を絞めたのだ。

本当にいつの間に背後に移動したのだろうか。スピードだけではない。虚を衝かれた。

そうとしか思えない現象だった。

「まったく、約束を破るなんてお仕置きが必要です」

教官殿はクロノの襟を掴んで歩き出した。

「坊ちゃま、じっくりと可愛がって差し上げます。泣いたり、笑ったり、メイドにオイタできないようにして差し上げます」

くふ、くふふ、と教官殿は陰鬱に笑った。レイラは引き摺られて行くクロノを見守ることしかできなかった。こうして、二日目の夜は更けていった。

幕間　ファーナ

昔、読んだ本に似たような動物がいたわね。何という名前だったかしら？　とファーナは酒臭い息を浴びながら自分にのし掛かって腰を振る男――ラマル五世を見上げた。

ラマル五世は肥えていた。腹は破裂せんばかりに膨れ上がり、薄い頭髪は皮脂に塗れて濡れたような光沢を放っている。飽食とアルコールに耽溺した半生を送った結果だ。

どんなに摂生を心がけても五十歳ともなれば衰えを隠しきれなくなる。たとえば第二近衛騎士団の団長――タウル・エルナト伯爵はミノタウロスやリザードマンに勝るとも劣らない体躯の持ち主だが、最近は衰えを自覚して後陣の育成に力を入れていると聞く。鍛錬を欠かさない騎士ですらそうなのだからラマル五世が肥えたのは当然の結果なのだ。

ラマル五世は自身の管理さえできない男だが、名君と讃えられている。彼が君主として一定の評価を受けるようになったのは今から三十年前――帝国暦四〇〇年のことだ。

当時、帝国は混乱の渦中にあった。先代皇帝の崩御に端を発する皇位継承争いは帝国を二分する内乱に発展し、この混乱に乗じて北方から蛮族が侵入してきた。さらに帝国北東部の都市が交易で得た莫大な資金によって軍事力を強化して次々に独立を宣言、軍事・経済同盟を結び、自由都市国家群と呼ばれる勢力を築き上げた。

自由都市国家群の誕生により領土の三分の一と交易路を失い、蛮族に残った領土までも蚕食されるという危機的状況にもかかわらず、両陣営の貴族は有効な手段を打つどころか、内乱を治めることさえできなかった。

この難局を十八歳のラマル五世は身分を問わず、有能な人材を登用することで乗り切った。旧臣の意見を押し切り、幕下に加えた傭兵団は目覚ましい活躍を見せた。膠着した戦況を打破し、ラマル五世率いる国軍を勝利に導いたのだ。

皇帝となったラマル五世は実弟アルフォートを始めとする反乱の首謀者を処刑すると蛮族の討伐に乗り出した。激しい戦いの末に蛮族をアレオス山地に放逐し、傭兵団の団長を南辺境と呼ばれる地域の領主に据えることで再侵入を防いだ。

こうして帝国は危機を脱したが、軍や行政機関の再構築、疲弊した国土の復興など、やるべきことが山積していた。この時、ラマル五世はある役人を問題解決に当たらせた。その役人こそ、現在のケフェウス帝国宰相アルコルである。

アルコルは様々な問題に取り組んだが、最大の功績は明確に区分されていなかった行政機構を整備して各局の権限や責任の所在を明確にしたことだろう。権力の私的運用を大幅に制限し、トラブルが発生した際に素早く対応できるようにしたと言い換えてもいい。

このような経緯からラマル五世は他人の才能を見抜く目と自分が見出した者に大きな権限と裁量を与える度量の広さを持つ名君と評価されている。

だが、ファーナの評価は違う。ラマル五世はクズだ。アルコールに溺れ、極めて野蛮な方法で婚約者がいる女官にさえ手を出す最低の人間。それがファーナの知るラマル五世という男だ。

十五年前――女官として宮廷に上がって間もない頃にファーナはラマル五世のお手付きになった。望んでいた訳ではない。兄妹同然に育った婚約者がいたし、彼のことを心から愛していた。妊娠が発覚した時は命を絶とうと考えたほどだ。結局、アルコル宰相に説得されて断念したが――。

その後、ファーナはアルコル宰相の尽力で公妾となり、ラマル五世の子――小さな悪意を込めてアルフォートと名付けた――を産んだ。子育てに専念することも考えたが、女官として働き続けることを選び、同僚の相談に乗ったり、新人の世話をしたりしている内に女官長として多くの部下を従える立場になっていた。

もちろん、自分の力だけで出世したとは考えていないが、それだけの仕事をこなしてきたつもりだ。それにしても、あの動物の名前は何という名前だっただろう。確か――。

「おお！　ファーナ！　ファーナッ！」

「ああ！　陛下！　陛下ッ！」

思い出した。確かセイウチという名前だったわ、とファーナはそんなことを考えながら喘ぎ、ラマル五世の腰に脚を巻き付けた。

「おう！　おうッ！」

「あぁッ！」

ラマル五世は獣じみた雄叫びを上げ、ファーナの奥に精を放った。精を放ち終えると力を失った自身を引き抜き、ベッドサイドに置いてあったワインのボトルに手を伸ばす。最高級のワインを水のように飲む。

そんな彼の背を眺めながらファーナは小さく溜息を吐いた。いい加減、終わらせて欲しいというのが偽らざる気持ちだ。舞踏会の準備をしなければならないし、感じているふりをするのは意外にしんどいのだ。数え切れないほど体を重ねているのに、どうして演技だと気付かないのか不思議でならない。

ラマル五世はワインで濡れた口元を乱暴に拭い、ファーナに向き直った。好色そうな笑みを浮かべて躙り寄ってくる。ファーナはうんざりしながら笑みを浮かべた。艶然とした笑みのつもりだが、自信はない。

その時、小さな音が響いた。グラスが割れただけなのだが――。

「ひぃ、ヒィァァァァァッ！」

ラマル五世は悲鳴を上げて床に下り、ベッドの下に潜り込もうとした。一応、ベッドと床の間には隙間があるが、潜り込めるのは虫くらいなものだろう。突然、振り返って顔を強張らせる。

「ゆ、許して！　許してくれ、アルフォート！　余はお前を殺したくなかったのだ！」

ラマル五世は虚空を見つめながら叫んだ。ファーナの目には何も見えないが、アルコールの作用か、それとも心を病んでいるのか、彼の目には処刑した弟――アルフォートの姿が見えているらしい。これで仕事は終わったが、うんざりした気分は変わらない。これが帝国の皇帝かと思うと気分が滅入ってくる。

ファーナはベッドの縁に座り、ラマル五世を見下ろした。

「陛下、お気を確かに」

「おおッ！　ファーナ！」

ラマル五世は救いを求めるようにファーナの足に縋り付いた。蹴飛ばしてやってもよかったが、こんな男でも皇帝だ。最低限の礼儀は弁えなければならない。

「余は……どうすれば救われる？　幾ら酒を飲んでも、女を抱いても、アルフォートの影が消えぬのだ！　国を返せと、余を責め苛むのだ！」

「そうですわね」

本当に仕方のない人ね、とファーナは唇に指を当てた。

「では、アルフォート様に国を譲ると手紙を書かれては？」

「そ、それで余は救われるのか？」

「ええ、もちろん」

そんな訳ないでしょ、とファーナは心の中で突っ込みを入れながら微笑んだ。

すると、ラマル五世は目を見開き——全裸で寝室から飛び出した。

ファーナは乱れたシーツを整え、枕に顔を埋めた。

「あの分だと早死にしそうね。できればうちの子に領地を授けて欲しいんだけど」

ファーナは自分の子ども——アルフォートを皇帝にしたいと考えたことがない。母親として愛してはいるが、皇帝になることが幸せだとは思えないのだ。それに——。

「うちの子は皇帝の器じゃないもの」

ファーナは溜息を吐き、そっと目を閉じた。

第四章『舞踏会』

箱馬車の扉が開くと、風が吹き込んできた。冷気を孕んだ風に冬の到来を実感する。

「クロノ様、到着したであります」

「ありがとう、フェイ」

クロノはフェイに礼を言って外に出て、目の前にある建物――アルデミラン宮殿を見つめた。アルデミラン宮殿は帝都郊外にある宮殿だ。基になったのは先代皇帝が建てた煉瓦造りの城館で、現在は旧城館と呼ばれている。

その建物の左右――東西にあるのが新城館だ。この新城館がアルデミラン宮殿の外観を特徴的なものにしている。その特徴とは対称性――まるで鏡に映したようにアルデミラン宮殿はあらゆるものが左右対称に作られているのだ。

偏執的なものを感じてしまうが、これには理由がある。新旧貴族が顔を合わせないようにするためだ。旧貴族は東館、新貴族は西館に集まることが決まっているというから徹底している。養父達が原因と聞くと何だか申し訳ない気分になるが――。

「月が綺麗だね」

「クロノ様がそこにいると、他の人達が出られないであります」

月を見上げて呟くと、フェイから突っ込みが入った。もっともな突っ込みなので場所を空ける。すると、養父とマイラが下りてきた。

養父は軍服に似た衣装に、マイラは黒いドレス——肩紐のあるビスチェにひらひらしたスカートを合わせたような衣装を着ている。イブニングドレスに似ているだろうか。

次に下りてきたのはエレナだ。ワンピース型のドレスを着ている。ドレスの各所にはフリルが施され、スカート部分は広がっている。肘まである手袋のせいか、絵本に出てくるお姫様のようにも見える。

「ようやく本当の自分に戻れた気分だわ。どう？　似合ってる？」

「よく似合ってるよ」

「そ、ありがと」

エレナは素っ気なく言った。最後に箱馬車から下りてきたのはレイラだ。

ドレスのデザインはマイラのそれによく似ているが、色は白で肩紐はない。

レイラはもじもじしている。胸を隠そうとしているのは恥ずかしいからだろう。

「だ、旦那様、如何でしょうか？」

「すごく綺麗だよ」

褐色の肌に白いドレスがよく似合っている。

「私達は厩舎に行くであり――」

「それは俺らがやっておくんで、姐さんは先に行って下せぇ」

「しかし、上司として……」

むむ、とフェイは難しそうに眉根を寄せた。チラリとこちらに視線を向ける。

クロノが頷くと、フェイは破顔した。

「では、お願いするであります」

「へい、お願いされやした。野郎ども、とっとと馬を厩舎に連れて行くぞ」

「「へい！」」

サップ達は厩舎に向かった。

「寒ぃ寒ぃ。とっとと中に入るぞ」

養父が歩き出し、マイラがその後に続く。

「僕達も行こうか？」

「ちょっと！」

歩き出そうとした所をエレナに呼び止められる。

「何？」

「はぁ、分かってないわね。こういう時は殿方がエスコートするものでしょ？」

「そうなんだ。じゃあ、どうぞ」

クロノが腕を差し出すと、エレナは無造作に腕を絡めてきた。

「私もよろしいでしょうか？」

「もちろんだよ」

「ありがとうございます」

レイラは礼を言い、腕を絡めてきた。

「あたしの時と対応が違わない？」

「同じだよ、同じ」

「まあ、いいけど」

エレナは不満そうだったが、クロノが歩き出すと黙って付いてきた。しばらくして旧城館の玄関が見えてきた。二人の男が立っている。白い制服を着ているので近衛騎士団の団員だろう。二人ともがっしりとした体付きだ。レイラが腕に力を込める。

「どうしたの？」

「私のようなハーフエルフが御一緒してよろしかったのでしょうか？　やはり――」

「呼び止められたら父さんに任せるよ。そのために先頭を歩いてくれてるんだし」

養父達が近づくと、二人の近衛騎士は無言で頷き合った。

「待て！　ここは亜人が——ッ！」

「邪魔するぜ」

二人の兵士が槍を交差させて行く手を遮る。養父は二人の頭を掴んで扉に叩きつけた。大きな音が響き、旧城館のホールにいた貴族達がぎょっとした顔で養父を見る。ふん、と養父は鼻を鳴らして二人の近衛騎士を投げ捨てた。二人は床を滑り、すぐに立ち上がった。流石、近衛騎士と誉めるべきだろうか。

「この無礼者め！　ここが——」

「馬鹿野郎！　他人様を亜人呼ばわりする輩が無礼なんて口にするんじゃねぇ！」

「ぐッ！」

養父が一喝すると、二人の近衛騎士は口惜しげに呻いた。クロノ達は招かれてアルデミラン宮殿にやってきたのだ。それなのに呼び止め、亜人という蔑称を使ったのだ。どちらが無礼かは火を見るより明らかだが、貴族達は嫌悪感も露わにこちらを睨んでいる。

近衛騎士が槍を持つ手に力を込めると、養父は獰猛な笑みを浮かべた。このまま刃傷沙汰に発展するのではないかと考えたその時——。

「クロード殿ッ！」

養父を呼ぶ声が響いた。騒ぎを聞きつけたのだろう。白い軍服に身を包んだ大男が養父と近衛騎士の間に割って入る。養父も背は高い方だが、その人物はもっと背が高い。さらに横幅もある。ミノタウロスやリザードマンに匹敵する体躯の持ち主だ。

白髪交じりの髪を短く刈り込んでいる。戦歴を物語るように顔には無数の傷が刻まれているが、目はつぶらで、弱り切ったように頭を掻く姿は愛嬌を感じさせた。

「タウル？　タウルじゃねぇか！」

「久しぶりですな」

「そりゃ、俺は南辺境にいることが多いし、お前はノウジ皇帝直轄領にいるんだ。どうしたって久しぶりになるわな」

「そうですな」

大男――タウルはしみじみとした口調で応じた。タウル・エルナト伯爵の名はクロノも知っていた。第二近衛騎士団の団長で『鉄壁』の異名を持つ歴戦の猛者だ。

「で、何しに来たんだ？　こいつらの肩を持つんならいくらお前でも……分かるな？」

「クロード殿はいくつになってもクロード殿ですな」

養父がぼきぼきと指を鳴らすと、タウルは小さく溜息を吐き、深々と頭を下げた。

二人の近衛騎士が息を呑む。上司に頭を下げさせてしまったのだから当然か。

「部下の非礼をお詫び申し上げる。ここは儂の顔を立てると思って収めて下さらんか」

「仕方がねぇな」

「かたじけない」

タウルは顔を上げ、二人の近衛騎士に視線を向けた。

「二人とも持ち場に戻れ。これからは誰であっても皇女殿下の客人として迎えるのだぞ」

「はッ！　申し訳ございません！」

二人の近衛騎士は敬礼するとホールから出て行った。

「部下の教育がなってないんじゃねぇか？」

「いやはや、お恥ずかしい」

タウルはハンカチを取り出すと額の汗を拭った。不意にクロノを見る。

「クロード殿、そちらが？」

「ああ、俺とエルアの子どもだ」

「二人とも、いい？」

クロノが目配せをすると、レイラとエレナが離れる。

「初めまして、タウル殿」

クロノが歩み寄って敬礼すると、タウルは微苦笑を浮かべて返礼した。叩き上げの軍人のように崩れた敬礼だが、彼の場合はそれが様になっていた。

「クロノ殿の武勲は聞き及んでおりますぞ。話を聞いた時は訝しんだものですが、クロード殿の息子ならば納得できる」

「いえ、私が過分な名誉を賜ったのは部下のお陰です。あの時、部下が命を賭して戦ってくれたからこそ、こうして私は生きていられるのです」

タウルは養父に向き直り、野太い笑みを浮かべた。

「クロード殿は親としても一流ですな」

「ガハハッ！　そうだろう、そうだろう！」

養父は高笑いしながら西館に向かって歩き出した。マイラがしずしずと後を追う。

「クロノ様にも年上を敬う気持ちがあったのね」

「ああ、分かってたんだ」

「これでも、準貴族なんだから軍の最上階級が大隊長ってことくらい分かるわ」

エレナの言う通り、軍の最上階級は大隊長だ。これは帝国が大隊を編制の最小単位として拠点に配し、緊急時に召集して軍団を編制するという制度を採用しているためだ。

「僕は常に礼儀を弁えてるよ」

「目を開けたまま、寝言を言えるなんて感心するわ」

エレナは憎まれ口を叩くと腕を絡めてきた。やや遅れてレイラが腕を絡める。

「あたし、あまりダンスが得意じゃないのよね」

「旦那様、私は踊れないのですが？」

「ダンスの心配はしなくて大丈夫だと思うよ」

養父達を追って長い廊下を進む。その先にあったのは重厚そうな扉だ。

脇に控えていた女官が扉を開けると、そこでは老人達が酒を飲んでいた。

料理を食べている者もいるが、踊っている者は一人もいない。

「皆、ダンスに興味がないからね」

「これだから新貴族は嫌なのよ」

エレナは吐き捨てるように言った。

養父はテーブルの上にあった木製のジョッキを手に取った。樽によく似ている。

「野郎ども！　飲んでるかッ！」

「「「「「おーッ！」」」」」

養父が呼びかけると、老人達はワイングラスや木製のジョッキを高々と掲げた。

奥様達はイスに座り、ワイングラスを傾けながら歓談に耽っている。

「舞踏会に来たはずなのに」

「父さん達は踊れないからね」

ダンスを覚える機会がなかったというべきかも知れない。

「お前も飲め」

クロノは養父から木製のジョッキ——中身はビールだ——を受け取り、一気に呷った。

「いい飲みっぷりだ！」

「流石、クロードの息子だ！」

「そうだろ、そうだろ！」

老人達が手を叩き、養父は自慢気に胸を張った。

「少し席を外してもいい？」

「構わないけど、すぐに戻ってね」

「ええ、約束するわ」

エレナは満面の笑みを浮かべて頷くと舞踏会場から出て行った。

東館に行き、母親の仇を捜すつもりだろう。運よく遭遇できるとは限らないが——。

「フェイ！」

「……」

クロノが呼ぶと、フェイはすぐにやって来た。ただし、無言だ。ハムスターのように料理を口一杯に頬張っているので声を出せないのだ。

もぎゅ、もぎゅ、ごくん、とフェイは料理を呑み込んだ。

「何でありますか？」

「フェイって貴族だったよね？」

「当たり前であります。私はムリファイン家の当主であります」

むふ、とフェイは鼻から息を吐き、胸を張った。

「没落してるけどね」

「ぼ、ぼぼ、没落はしてないであります！　ちょっと……」

「ちょっと？」

「ちょっと残念なことになっているだけであります！」

フェイは顔を真っ赤にして言った。

「わざわざ嫌みを言うために呼んだのでありますか？」

「エレナの護衛を頼もうと思ったんだよ」

「護衛、でありますか」

フェイは神妙な面持ちで頷いたが、視線は肉料理に向けられている。

「フェイの分は取っておくから」

「分かったであります！」

フェイはクロノに敬礼すると舞踏会場から飛び出した。

※

チェンバロの音色が流れる。淡々と、一定のリズムで刻まれる音色は雨垂れのようだ。

だが、そこに笛と打楽器の音が加わることでチェンバロの音色は深い哀愁を帯びる。

そんな音に満たされた舞踏会場で貴族達は緩やかにステップを踏み、体を揺らす。

わずかに手が触れた瞬間、はにかむように微笑む。思いが通じ合ったかのように。

あたしもあんな感じだったのね、とエレナはワイングラスを手に踊る男女を見つめた。

男は近衛騎士の証である白い軍服を着ていた。髪はくせ毛で、肌は日に焼けている。

目元は優しげだった。少なくとも表面上は——。

「……フィリップ」

エレナは男の名を呟いた。その声は自分でも驚くほど平坦だった。

彼は笑っていた。婚約者が行方不明になっているにもかかわらずだ。
それだけで彼が襲撃に一枚噛んでいたと分かってしまう。白い軍服も確信を強める。
近衛騎士は軍のエリートだ。実力はもちろん、家格も求められる。
さらにいえば上役に推薦されなければ入団試験さえ受けられない。
多分、フィリップは叔父に協力した見返りに金をもらい、賄賂として使ったのだろう。
エレナはワイングラスを胸の高さに持ち上げ、手を離した。
ワイングラスが床に落ちて砕ける。フィリップは踊るのを止め、こちらを見た。
その顔は強張っていた。まるで幽霊にでも遭ったかのように。
エレナは嗤い、踵を返した。きっと、彼は追ってくるだろう。自分を殺すために。
だが、それはエレナも一緒だ。
「さあ、追ってきなさい。今度はあたしがアンタを殺してやる」

※

クロノがレイラを侍らせてワインをちびりちびりと飲んでいると、突然、扉が開いた。
喧噪が止む。理由は扉が開いたからではない。扉を開けたのがティリアだったからだ。

ティリアは深紅のドレスに身を包んでいた。

上は胸元が大きく開いたビスチェ、フリルで装飾されたスカートは広がっている。

レイラとエレナが着ているドレスを足して二で割ったらこんな感じになるだろう。

「クロノ！」

ティリアは荒々しい足取りでクロノに歩み寄った。目の前に立ち、傲然と胸を張る。

軍服を着ている時より胸が大きいような気がする。けしからん胸だ。本当にけしからん。

「折角、舞踏会に呼んでやったのに挨拶にも来ないで何をしているんだ」

「お酒を飲んでた」

「どうして、私の胸を見ながら言うんだ？」

「けしからんよ！」

「何がだッ！」

クロノが叫ぶと、ティリアは叫び返してきた。

「ティリアの本体はおっぱいだと思うんだよね」

「それが最期の言葉でいいんだな？」

ティリアはぼきぼきと指を鳴らした。いけない。少し酔いすぎたかも知れない。

不意に太い腕が首に巻き付く。ティリアではなく、養父の腕だ。

「痛い！　痛いって！」

養父にヘッドロックされたままティリアから十メートルほど離れた所に移動する。

そこでようやくヘッドロックを解いてくれた。

「あのおっぱいは何者だ？」

「ティリアだよ。第一皇位継承者のティリア皇女」

「あのおっぱいがラマルの娘か」

養父は肩越しにティリアを見つめ、クロノに向き直った。

「全然似てねぇな」

「皇帝陛下と会ったことがあるんだ」

「内乱をしてた時はしょっちゅう会ってたぜ。終わってからは一度も会ってねぇけどよ」

「ひどい話だね。父さんは内乱を終わらせた功労者なんでしょ？」

「そう言ってやるな。皇帝ともなりゃ色々あるんだろ」

「父さんは意外に心が広いんだね」

「意外には余計だ」

養父はムッとしたように言った。

「それで、お前はあのおっぱいを狙ってるのか？」

「狙っては——」

「狙ってるんなら止めておけ」

　クロノが言い切るよりも速く養父は釘を刺してきた。自分から尋ねてきたのだから、せめて聞く耳を持って欲しかった。まあ、酔っ払いとはそんなものか。

「あのおっぱいはお前の手に余る」

「確かに、僕の手には余るね」

　クロノはわきわきと指を動かした。

「でも、どうしてそんなことを言うの？」

「いいか？　お前は女を知って、それなりに自信を付けたかも知れねぇが、そういう時が一番やべぇんだ。危険の中に危険を見られなくなる」

　養父は新兵を窘める古参兵のような口調で言った。

「たとえるならお前は狼の皮を被った羊だ」

「それはただの羊なんじゃ？」

「だが、あのおっぱいは生まれながらの獅子だ」

　養父はクロノの言葉を無視して言った。

「力ずくで犯される可能性も否定できねぇ」

「まさか、相手は皇女様だよ」

「いいか？　油断だけはするな。油断したら搾り取られちまうぞ」

養父は神妙な面持ちで言ったが、酔っ払いの戯れ言にしか聞こえなかった。

「俺は行くが、絶対に油断するな。傷になるぞ」

「分かったよ」

クロノが頷くと、養父は老人達の下に向かった。

「話は済んだか？」

「見ての通りだよ」

「じゃ、行くぞ」

ティリアはクロノの手を掴んで歩き出した。西館の廊下を抜け、旧城館に入る。

そこで彼女の目的を理解した。クロノを東館に連れて行こうとしているのだ。

「ちょ、ちょっと！」

「お前は黙って付いてくればいいんだ」

クロノの抗議を無視してティリアは旧城館を突き進む。

「まったく、どうして私がお前を迎えに行かなければならないんだ。大体、帝都に到着した時点で挨拶に来るのが筋じゃないか」

「そんなことを言われても――」

「何だ？　何か言いたいことでもあるのか？」

「……何でもありません」

クロノは頭を垂れ、ティリアに付いていく。旧城館を抜け、東館――舞踏会場に入る。

音楽が止まり、旧貴族達の視線がクロノとティリアに集中する。正直、居心地が悪い。

だが、しばらくすると音楽が再び流れ始め、旧貴族達はダンスを再開した。

都合の悪いことは見えなかったことにするのも旧貴族に必要な能力なのだろう。

「心臓に悪いよ」

「お前が臆病すぎるんだ」

クロノが胸を押さえながら言うと、ティリアはムッとした様子で言った。

「お前は私に勝ち、あのイグ――」

「やあ、皇女殿下」

涼やかな声がティリアの言葉を遮った。甘ったるい香水の臭いが漂ってくる。

声のした方を見ると、女性が歩み寄ってきた。ビスチェタイプのドレスを着た女性だ。

女性にしては背が高く、筋肉質な体付きをしている。胸も――かなり控え目だ。

顔立ちは中性的で、口紅を塗りたくった唇を嘲るように歪めている。

ただし、目元が優しげなので悪ぶっているようにしか見えない。

「……リオ・ケイロン伯爵」

「君が今のエラキス侯爵だね」

ティリアを無視して女性――リオ・ケイロン伯爵はぎこちなく腕を絡めてきた。

「ボクのことを紹介してくれないのかい？」

「彼はリオ・ケイロン伯爵。第九近衛騎士団の団長だ」

ティリアは彼の部分を強調して言った。彼ということは男性なのだろう。

女装が趣味なのだろうか。いや、繊細な話題には踏み込むべきではない。

「ふふッ、初めましてクロノ・エラキス侯爵」

「こちらこそ、初めましてリオ・ケイロン伯爵」

「リオと呼んでくれないかな？」

「僕もクロノでいいよ」

「ありがとう、クロノ」

そう言って、リオは胸を押し付けてきた。微妙に、柔らかいような気がする。

「これからボクの屋敷に行かないかい？　忘れられない夜にしてあげるよ？」

「男が男を誘ってどうする！」

リオがクロノの首に腕を回すと、ティリアは顔を真っ赤にして叫んだ。

男という言葉にリオは悲しげな表情を浮かべた。

「皇女殿下は男と言ったけれど、心は女のつもりさ」

「……なるほど」

つまり、性同一性障害ということか。想像することしかできないが、この世界はセクシャリティに寛容ではないので辛いのだろうなと思う。

「友達からじゃダメ？」

「クロノ！　そいつは男だぞ！」

「男同士だから友達から始めようって言ったんだよ」

リオは不思議そうに目を瞬かせた。

「クロノは面白いね。ボクが誘うと、普通は逃げて行くよ」

「誘いに乗ることはできないけど、逃げるほどじゃないと思う。で、どう？」

「友達からで構わないさ」

「よかった」

クロノはホッと息を吐いた。怒らせてしまったらどうしようかと思ったのだ。

「友達として言いたいことがあるんだけど、いいかな？」

「何だい？」

「もう少しナチュラルなメイクを心掛けた方がいいんじゃないかな？」

「やれやれ、口紅が取れてしまったじゃないか」

クロノが指で口紅を拭うと、リオは芝居がかった仕草で肩を竦めた。

「それと、香水の臭いがキツい」

「クロノは容赦がないね」

リオは小さく溜息を吐いた。

「分かった。香水は無理だけど、化粧はすぐに直すよ」

「多分、その頃には西館に戻ってると思うから——」

「クロノがいなければ西館に行けばいいんだね？」

「そういうこと。西館は飲み会になってるから驚くと思うけど」

「そっちの方が性にあってるよ。ふふ、今夜は美味しいお酒が飲めそうだ」

リオは踵を返し、舞踏会場から出て行った。

「ぐぬぬ、一体どうやって舞踏会場に入り込んだんだ」

「呼んでなかったの？」

「当たり前だろう。あの男は行事を滅茶苦茶にする常習犯なんだ」

「そんな人には見えなかったけどな」

「ぐぬッ！」

「分かった。リオの話はしない」

ティリアに睨まれ、クロノは両手を上げた。

「クロノ、歩くぞ」

「また移動するの？」

「ただ歩くだけだ」

ティリアはクロノの腕に自身のそれを絡めると歩き始めた。豊かな胸が上腕に当たる。

この柔らかな感触に集中できればいいのだが、旧貴族達の視線が痛い。

それにしても――。

「どうして、こんな見せつけるような真似をするの？」

「なんだ、気付いてたのか」

「普段からおっぱいを押し付けてくれれば気付かなかったよ」

「誰がするかッ！」

ティリアは顔を真っ赤にして言った。

「実は……この舞踏会は見合いを兼ねているんだ」

「なんで、父さん達まで呼んだの？」

「ろくすっぽ準備をせずに開催した舞踏会だからな。人が集まらなかったんだ。私が主催する舞踏会に人が集まらないのは非常にマズい」

「要するに見栄ってこと？」

「せめて、面子と言え」

ティリアはムッとしたように言った。

「急遽、開催した舞踏会にも人が来る。それが私の力を示すことになるんだ」

「父さん達の目的は酒と料理だよ」

「来てくれればいい」

ティリアは呻くように言った。皇女にも色々あるようだ。

「わざわざ僕を東館に連れて来たということは――」

「虫除けだ。私はまだ結婚するつもりがないからな」

「そーですか」

「私達は友達なのだろう？」

「そりゃそうだけど、男は思わせぶりなことを言われると期待する生き物なんだよ。というか、虫除けにしても変な噂が立つのはマズいんじゃない？」

「そう思うんなら私に相応しい男になれ」

「ものすごく傲慢な台詞を聞いたような気がする」

「私は皇女だぞ？」

「そうなんだけど、そうなんだけどさ」

立場を考えれば上から目線で当然なのだが、割り切れないものがある。

「武勲を立て、皇配……帝国で最も高貴な女の夫となる。男子の本懐じゃないか」

「ティリアが落ちぶれる方が手っ取り早いよ」

「どうして、私が落ちぶれなきゃならないんだ！」

「だって、皇配になるまでに死にそうだし」

「まったく、覇気のないヤツだ。少しはレオンハルト殿を見習え」

「レオンハルト？」

「あそこで女に囲まれているだろう？」

ティリアが顎をしゃくる。そちらを見てみると、男が女性達に囲まれていた。

白い軍服を着た男だ。柔らかそうな金髪の持ち主で、気品のある顔立ちをしている。

背は高く、体は軍服の上からでも分かるほど鍛え上げられている。

立ち居振る舞いにも隙がない。クロノにも分かるのだから相当な手練れだ。

さらに纏っている空気が違う。彼自身が光を放っているようにさえ感じられた。

オカルト的なことは信じていないが、オーラというものがあればまさにそれだ。

「レオンハルト・パラティウム。パラティウム公爵家の嫡男で、軍学校を首席で卒業した後に第二近衛騎士団に配属され、神聖アルゴ王国が侵攻してきた時には初陣にもかかわらず敵指揮官を討ち取った猛者だ。純白にして秩序を司る神の神威術士でもあり、『聖騎士』の異名を持つ。ちなみに今は第一近衛騎士団の団長だ」

「チート加減がひどすぎる」

クロノは呻き、レオンハルトを睨み付けた。すると、目が合ってしまった。

慌てて目を逸らす。喧嘩を売っていると誤解されたら最悪だ。ボコられてしまう。

「情けないヤツだな、お前は」

「僕もそう思う」

「レオンハルト殿とは友達にならないのか？」

「神に愛されたような人と一緒にいたら心を病むと思う。けど、そんな相手に群がるんだから女の人はすごいよね」

クロノはレオンハルトを取り巻く女性達に視線を向け、そこに見知った顔を見つけた。

「……フェイ」

「何でありますか？」

クロノが溜息交じりに言うと、フェイはきょとんとした顔で近づいてきた。

「フェイ、仕事は？」

「エレナ殿ならバルコニーの方に行ったであります」

「ティリア、待ってて！　フェイ、相手をするんだ！」

クロノはティリアをフェイに任せ、バルコニーに走った。嫌な予感がした。

※

エレナはバルコニーの手すりに背中を預け、フィリップを待つ。彼は必ず来る。そんな確信めいた思いがあった。しばらくして彼が姿を現す。額に汗を浮かべている。よほど焦っていたのだろう。彼は無言で距離を保っている。仕方がない。エレナは自分から話し掛けることにした。

「久しぶりね」

「し、心配してたんだ。え、エレナ、今までどうしてたんだい？」

フィリップが上擦った声で言い、エレナは噴き出しそうになった。

自分が陥れた――殺そうとした相手に何を言うかと思えば『心配してたんだ』である。

「その割に楽しそうにしてたわね？」

「そ、それは……」

フィリップは口籠もった。踊っていた彼は本当に楽しそうだった。当然か。彼は我が世の春を謳歌していたのだ。それが犠牲の上に成り立ったものでも楽しかったに違いない。

「まあ、いいわ。今までどうしてたか教えてあげる」

「あ、ああ」

フィリップは神妙な顔で頷き、軍服の首元を緩めた。

「屋敷を盗賊に襲撃された後、奴隷商人に売られたのよ」

「――ッ！」

フィリップが息を呑むが、構わず続ける。

「ひどいものだったわ。商品価値がなくなるから強姦はされなかったけど、アイツらって簡単に暴力を振るうのよ？　逆らったら殴る。口答えしたら殴る。見せしめに殴る。何度殴られたか分からないわ」

お化けのようになった自分を思い出して泣きそうになる。だが、ぐっと堪える。

「あたしは狭い檻の中で苦痛に喘ぎながら自分に言い聞かせたわ。フィリップが必ず助けに来てくれる。扉を開けてあたしを救い出してくれるって。あたしは信じてた。アンタが助けに来てくれるって信じてたのよ！」

「……あ、ああ」

エレナが怒鳴りつけると、フィリップは陸に打ち上げられた魚のように口を開けたり、閉じたりした。やがて、口を閉ざし、へらりと笑った。

「助けに行けなかったのは謝るよ。でも、こっちにも事情があったんだ。色々あったけど、君は生きて、僕の所に戻ってきてくれた。それでいいじゃないか」

「そうね。それでいいのかも知れないわね」

「そうだよ。今は再会できたことを喜ぶべきだ」

フィリップはホッと息を吐いて言った。

「でも、どうやって助かったんだい？」

「奴隷として買ってくれた人がいたのよ」

「その人にお礼を言わなければいけないね」

「お礼ならあたしがたっぷりしたわ。この体でね」

「どういう意味だい？」

「分からないの？　その人はあたしを奴隷として買ったの。あたしの純潔はその人に奪われたわ。一晩中犯されたこともあるし、豚の鳴き真似をさせられたこともあるわ。不浄の穴を犯されたことも、ね。これで再会を喜べるの？　前みたいにあたしを愛せる？」

「もちろんだよ。エレナ、君を抱き締めさせておくれ」

そう言って、フィリップはこちらに近づいてきた。

もっと、もっと近づいてきなさい、とエレナは内心ほくそ笑んだ。そっと手袋を撫でる。その下には細身の短剣が仕込んである。幅は狭いが、刺せば殺せるはずだ。

今！　とエレナは足を踏み出したが、フィリップが腕を突き出す方が速かった。

エレナの首を掴み、さらに力を込める。バルコニーから突き落とそうとしているのだ。

「フィリップ！」

「君がいけないんだよ。大人しく飼われていればいいのにこんな所にまで来て」

エレナはバルコニーから突き落とされそうになりながらフィリップを睨んだ。

「アンタが！　アンタがお母様を殺したからじゃないッ！」

「あれは君の叔父さんが主導したんだ。僕は使用人の死体を君の死体と偽っただけだ」

「殺してやる！」

「この短剣で？」

　フィリップは短剣を抜き取り、下卑た笑みを浮かべた。

「今だから言うけど、君が嫌いだったよ。準貴族のくせに金を、知識をひけらかす！」

「あたしはそんなことしてない！」

「嘘を吐くなッ！」

　フィリップは手に力を込めた。

「お前に僕の気持ちが分かるかッ？　見下され続けた僕の気持ちが分かるかッ！　お前が金と知識をひけらかすたびに僕は惨めさで気が狂いそうだった！」

　ふとフィリップが力を緩める。

「今の婚約者は……君の従姉妹は可愛いよ。少し馬鹿だけど、君みたいに僕のことを見下さない。やっぱり、女は少し馬鹿なくらいが丁度いい。間違っても学のある女なんて婚約者にするべきじゃない！」

　フィリップが短剣を振り上げる。だが、エレナは目を逸らさなかった。

　目を逸らしたら負けだと思ったのだ。その時——。

「天枢神楽！」

「ひぃッ！」

　漆黒の球体が短剣を持っていた手を包み、フィリップは悲鳴を上げて跳び退った。

エレナが咳き込みながら顔を上げると、クロノが立っていた。

※

間に合ってよかった、とクロノはエレナと男の間に割って入り、胸を撫で下ろした。

「エレナ、立てる？」

「……ええ」

エレナは喉を押さえながら立ち上がり、クロノの陰に隠れた。

こいつがフィリップか、とクロノは男を見据えた。特徴らしい特徴のない男だ。

白い軍服を着ているが、レオンハルトのようなオーラはない。

「アンタがそいつの飼い主か？」

「ご主人様だよ」

フィリップは蔑むような視線を向けてきた。エレナが何か言ったのだろうか。

「エレナの首を絞めていたように見えたけど、彼女が何か？」

「奴隷が舞踏会場に迷い込んできたから打擲しようとしただけだ」

「事情は分かったよ。けど、人の財産を傷付けるなんて何様のつもり？」

「だったら損害を賠償してやる。いや、その奴隷を買い取ってやる。いくら欲しい？」

フィリップは嘲るように言った。エレナがクロノの軍服を掴む。

売らないでという気持ちが伝わってくるようだ。

「エレナは素直じゃないからね。これでどう？」

「金貨百枚か。中古の奴隷相手に吹っ掛けるもんだな」

クロノが人差し指を立てると、フィリップはそんなことを言った。

「桁が違うよ」

「尻の穴まで犯された中古奴隷だもんな。金貨十枚が妥当か」

「それも桁が違う。これでも、僕はエレナが気に入ってるんだ。生意気だけど、怯えた時の表情が堪らなくてね。それでついつい乱暴に扱っちゃうんだ」

「だから、金貨千枚寄越せってのか？」

「まだ桁が違うよ。僕からエレナを買い取りたいんなら金貨百万枚を払いなよ」

「馬鹿を言うな！」

フィリップは声を荒らげた。

「僕は大真面目だよ。エレナ、僕の前に立つんだ」

「え、ええ、分かったわ」

　エレナは命令に従ってクロノの前に立った。フィリップが驚いたように目を見開く。素直に従うとは思っていなかったのだろう。クロノは背後からエレナを抱き締めた。びくっとエレナが体を強張らせるが、無視して慎ましい胸を愛撫する。

「や、止めて！」

「僕に逆らうの？」

「ご、ごめんなさい！　あたしが悪かったです！」

　クロノが首輪を摘まむと、エレナは顔を真っ赤にして謝罪した。

「ほら、いつもどんな風に愛し合っているのか元婚約者に教えてやりなよ」

「な、なんで、そんなことを──ッ！」

　首輪を引っ張ると、エレナは再び体を震わせた。

「ほら、早く」

「手や口で奉仕したり……」

　エレナが口籠もる。耳まで真っ赤になっているが、羞恥心からだけではない。この状況に興奮しているのだ。もじもじと太股を擂り合わせているのが動かぬ証拠だ。

「手や口で奉仕したり？」

「お、お尻の穴で奉仕しています」

エレナはフィリップから顔を背けた。

「お尻で奉仕している時の気持ちは？」

「痛いだけ――ッ！　ご、ごめんなさい！　気持ちいいです！　すごく気持ちいいです！」

「まあ、いいか」

クロノが離れると、エレナはその場にへたり込んだ。

「可愛いでしょ？　もう君のものにはならないけどね」

「――ッ！」

クロノが嗤うと、フィリップの顔がどす黒く染まった。襲い掛かってくるのではないかと思ったが、彼は踵を返すと荒々しい足取りでバルコニーを立ち去った。彼の姿が完全に見えなくなったことを確認し、胸を撫で下ろす。舞踏会場で刃傷沙汰に及ぶほど馬鹿ではなかったようだ。視線を落とすと、エレナがよろよろと立ち上がる所だった。

「お母様の仇を討てなかったわ」

「復讐は止めて欲しいな～」

「アンタは当事者じゃないから言えるのよ！」

エレナは激昂したように叫び、クロノに向き直った。今にも泣き出しそうだ。

「だから、エレナに手を汚して欲しくないって思えるんだよ」

「一応、お礼を言っておくわ。助けてくれて、どうもありがとう」

「お礼を言われてる気がしないね」

「嫌みに決まってるでしょ！」

畜生、とエレナは俯いた。肩が震えている。泣いているのだろうか。

「エレナ？」

「――ッ！」

クロノが肩に触れると、エレナが顔を上げた。次の瞬間、光が炸裂した。やや遅れて鉄臭い味が口の中に広がる。エレナの頭突きを喰らったのだ。

「お礼のキスよ」

「アグレッシブなキスだね。血の味がする」

「あたしも一緒よ」

ぐいッとエレナは手の甲で唇を拭った。手袋が血で赤く染まる。

「キスは嫌なんじゃなかったの？」

「奴隷としてキスされたり、純潔を奪われたりするのが嫌なのよ」

エレナはムッとしたように言い、深々と溜息を吐いた。

「あたしの用事は済んだし、中に戻りましょ」

そう言って、エレナはクロノの手を掴んで歩き出した。中に入ると――。

「クロノ、戻ったか」

ティリアが上機嫌で近づいてきた。背後にはフェイが控えている。

「何かあったの？」

「フェイと意気投合してな。彼女は素晴らしい騎士だ。私の苦労を分かってくれる」

「ふ～ん、どんな話をしたの？」

「我が弟子より授かった奥義・相槌を使ったのであります」

「相槌が奥義なの？」

「分かるとか、大変だねとか言っていればOKであります。くそチョロであります」

むふー、とフェイは鼻息も荒く言った。

「……フェイ」

「何でありますか？」

ティリアが地の底から響くような声で名前を呼ぶと、フェイは可愛らしく首を傾げた。

「私の家臣にするという話だが、撤回する」

「何故でありますかッ？」

「私の家臣に相槌を打つだけの人間は必要ない」

「ま、またしても出世の道が閉ざされてしまったであります」

フェイはがっくりと肩を落とした。

「僕は西館に戻るよ」

「私も行くぞ！」

クロノが歩き出すと、ティリアが腕を絡めてきた。反対側にいるエレナを睨む。

エレナはさっとクロノの陰に隠れる。東館を出ると、すぐにリオと出くわした。

「やあ、化粧を直してきたよ」

チッ、とティリアが舌打ちをするが、あえて無視する。指摘しても藪蛇になるだけだ。

クロノはしげしげとリオを見つめた。先程よりかなり化粧が薄くなっている。

「どうだい？」

「さっきより自然な感じになってるね」

「ふふ、よかった」

リオは嬉しそうに笑い、クロノの両隣——ティリアとエレナを見つめた。

「ボクも腕を組みたいんだけれど、両腕が塞がっているなら仕方がないね」

「友達は腕を組まないと思うんだけど？」

「そうなのかい？」

「そうだよ」

リオは意外そうに目を見開いたが、恐らく演技だろう。

「いつまでこうしてるんだ？」

「そうだね」

ティリアが苛立った口調で言い、クロノは歩き始めた。

東館と旧城館を繋ぐ廊下を歩いていると——。

「なんてことをしてくれたんだッ！」

「申し訳ございません」

ヒステリックな声が聞こえてきた。あとから聞こえたのはレイラの声だ。

恐らく、クロノがなかなか戻らないので様子を見に来たのだろう。

「ごめん。トラブルがあったみたいだ」

「仕方がないな」

「頑張ってね」

ティリアとエレナが離れ、クロノは早足で旧城館のホールに入る。そこでは中年男がレイラを睨み付けていた。足下には箱がある。蓋が開いてミイラが飛び出していた。上半身は猿、下半身は魚だ。もしかして、人魚のミイラだろうか。いや、何のミイラか考えるのは後回しだ。まずはレイラを助けなければならない。

「私がこの人魚を手に入れるのにどれだけ苦労したか分かっているのかッ？　これは皇女殿下への献上品だったんだぞ！」

「申し訳ございません」

「――ッ！」

レイラが淡々と頭を下げると、馬鹿にされたと思ったのか、中年男は拳を振り上げた。

だが、その拳がレイラを傷つけることはなかった。クロノが手首を掴んだからだ。

「何だ、貴様は！」

中年男は苛立った様子でクロノの手を振り解き、よろめいた。アルコールの臭いが鼻腔を刺激する。足元が覚束ないようだし、かなり酔っているようだ。

クロノはレイラの身に何が起きたのか分かったような気がした。彼は酩酊状態で歩き、レイラにぶつかったのだろう。だが、それを指摘しても否定するに違いない。

「私の声が聞こえないのか！　貴様は何者かと聞いているんだッ！」

「失礼、僕の愛人が何か？」

クロノはレイラを庇うように中年男の前に立つ。

「愛人？　ハーフエルフが愛人だと言うのか？」

「ええ、それが何か？」

「ハーフエルフを愛人にするなんて貴族の風上にも置けないヤツだ」

中年は不快そうに顔を顰めた。

「所詮、ハーフエルフは人間にも、エルフにもなれない半端者だ。そんな半端者をわざわざ連れてくるなんて……ああ、そうか。試しに使ってみて具合がよかったのか。お前は若そうだし、それなら納と――」

「……おい」

クロノは中年男の胸倉を掴んでいた。この場を穏便に収めるために人魚のミイラを壊した件については謝罪をするつもりだったし、弁償もやむなしと考えていた。悪態も、罵倒も甘んじて受けるつもりだったが、レイラを馬鹿にされてまで引くつもりはなかった。

大事になっても仕方がないと考えたその時、誰かがそっとクロノの腕に触れた。反射的に視線を横に向けると、そこにはレオンハルトがいた。彼のオーラに気圧されそうになるが、クロノは睨み返した。レオンハルトが、チート野郎が何だというのだ。ここで引いたらレイラの信頼を失ってしまう。その方がよほど恐ろしい。

レオンハルトが視線を向けると、中年男は気圧されたように後退った。

「気持ちは分かるが、ここが引き時ではないかな？」

「そうそう、レオンハルト殿の言う通りさ」

レオンハルトが静かに語りかけ、いつの間にか来ていたリオが追従する。

「献上品は気の毒だけど、虐殺者の息子に喧嘩を売る覚悟はないよね？」

「虐殺者？　虐殺者クロードか？」

「そうさ。まあ、クロノ自身も相当な武勲の持ち主だけれど」

「……」

中年男は黙り込んだ。よほど養父が怖いのだろう。顔が青ざめている。レイラを助けることには成功したが、これでは禍根が残る。いや、胸倉を掴んだくせに今更取り繕ってどうするとも思うのだが、できれば禍根を残したくない。

どうにかうやむやにできないか考えていると、ティリアがやって来た。

「ティリア、ちょっと来て！」

「私は皇女なんだが……」

ティリアはぶつくさ言いながらクロノの隣に立った。

「皇女殿下です。思う存分、人魚について語って下さい」

「おおッ、皇女殿下！　わたくしは――」

中年男はティリアの足下に跪き、自分の来歴を語り始めた。ティリアは一瞬だけ驚いたような顔をしたが、自分が招待したという体になっているのできちんと対応している。

「さあ、行こうか」

「ま、待て！」

クロノがレイラの肩を抱いて歩き出すとティリアに呼び止められた。だが、立ち止まる訳にはいかない。あの中年男もそれを望んでいるはずだ。しばらくして――。

「覚えてろぉぉぉッ！」

ティリアの声が響いた。

※

クロノ達は西館に戻ると空いているテーブルに座った。視線を巡らせ、溜息を吐く。東館では舞踏会が開かれていたのにここで行われているのは飲み会だ。老人達は床に座って酒を酌み交わし、奥様方は歓談に興じている。マイラは付き添いの使用人達に熱弁を振るっていた。

「――つまり、忠誠とは投資なのです。旦那様や奥方様、ご子息ご息女に対する忠誠は利益となって戻ってきます。自分のために働いていると考えれば――」

マイラのことを信用できなくなりそうだったので、クロノは顔を背けた。

すると、隣に座っていたレイラが擦り寄ってきた。いつもより艶っぽく感じる。

「旦那様、先程はありがとうございました」

「当たり前のことをしただけだよ」

「それでも、ありがとうございます」

「クロノ、ボクは放置かい？　焦らされるのも嫌いではないのだけれど」

反対側からリオが擦り寄ってきた。

「さっきはありがとう。助かったよ」

「ふふ、その一言で報われるよ」

リオは嬉しそうに微笑み、木製のジョッキに手を伸ばした。口を付け、顔を顰める。

「これがビールか。こんなものを飲んだと知ったら爺は顔を顰めるね」

「美味い、美味いであります！」

「行儀が悪いわよ。一応、貴族なんでしょ？」

リオの隣ではフェイが口一杯に肉を頬張り、エレナが呆れたような表情を浮かべていた。

「一応ではなく、貴族なのであります」

「はいはい、分かったわよ。ほら、肉汁が垂れてる」

エレナはハンカチでフェイの口元を拭った。クロノは対面の席を見つめた。

そこにはレオンハルトが座っていた。どうして、ここにいるのだろう。

「どうして、レオンハルト殿がここに？」

「迷惑(めいわく)かね？」

「いえ、そんなことは……」

クロノは肩を窄(すぼ)めた。仲裁(ちゅうさい)に入ろうとしてくれたので迷惑だとは言えない。そういえばまだ礼を言っていなかった。礼儀(れいぎ)は大事だ。無用な敵を作らずに済む。

「……レオンハルト殿」

「何だね？」

「先程はありがとうございます」

「礼を言うのは私の方だよ。君が矛(ほこ)を収めてくれなかったらどうしようかと内心ひやひやしていたものでね」

クロノが居住まいを正して頭を下げると、レオンハルトは軽く肩を竦めた。

「それに、君に興味があったのだよ」

「そ、それはどういう意味でしょう？」

レオンハルトは意味深な笑みを浮かべて言い、クロノは上擦った声で返した。

「そういう意味ではないよ。東館で睨まれた理由を知りたくてね」

「いや、それは、その……」

「そんなに身構える必要はないさ。レオンハルト殿は空気を読める質ではなくてね。悪意もなくこういう質問をして周囲の人間を困らせるんだ」

クロノが答えに窮していると、リオがしな垂れかかり、囁くような声音で言った。

「生まれながらに全てを持っている人間には小人の気持ちは分からないということだね」

「相変わらず、リオ殿は手厳しい。それで、どうして睨み付けてきたのかね？」

「それは……皇女殿下に貴方の話を聞いて、柄にもなく敵愾心を」

「なるほど。もう一つ質問してもいいかね？」

「ええ、もちろん」

「東館では目を逸らしたのに、さっきはそうしなかった。何故だね？」

「あそこで引いたらレイラの信頼を失ってしまうと考えたからです」

「私はクロノ殿の敵ではなかったのだから引いても問題なかったと思うが？」

「味方とも言い切れませんでしたし、彼女からどう見えるのかが重要なんです」

「確かにどう見えるかは大事だね」

そう言って、レオンハルトは木製のジョッキを呷った。ワイルドな飲み方だ、と感心していると、リオが身を擦り寄せてきた。

「もう酔ったの？」

「いや、まだ素面に近いよ」

リオは体を起こし、自分の胸に視線を落とした。

「やっぱり、この胸じゃ駄目かな？」

「サイズにこだわりはないんだけど……」

「そんなに申し訳なさそうにしなくていいよ。ああ、そういえばそこのハーフエルフはクロノの愛人なんだってね」

「なんだ、聞いてたんだ」

「昔から耳はいい方なのさ。まあ、エルフや獣人には及ばないけどね」

リオはくすくすと笑った。男とは思えないほど色っぽい笑顔だ。

「で、どうしてハーフエルフを愛人にしているんだい？」

「そこって重要なのかな？」

「拘る人は多いさ。純白にして秩序を司る神を信仰している貴族は多いからね。連中はハーフエルフみたいに秩序から外れた存在を毛嫌いしてるんだ。ねぇ、レオンハルト殿？」

「……ここで私に振るのかね」

　レオンハルトは木製ジョッキをテーブルに置き、困ったように眉根（まゆね）を寄せた。

「リオ殿の言う通り、ハーフエルフを秩序から外れた存在とする者もいるし、先程の御仁（ごじん）のように半端者と蔑む者もいる」

「宗教や帝国の価値観で判断するのは間違ってると思うんだけどな～」

「では、クロノ殿はどう考えているのかね？」

　クロノがぽつりと呟（つぶや）くと、レオンハルトは興味深そうに問いかけてきた。今まで考えたこともなかったのでいざ言われるとパッと答えが出てこない。だが、何を基準に考えるべきかは分かる。

「……人間の近縁種（きんえんしゅ）？」

「近縁種とは何かね？」

「生物として近い……いや、まあ、この場合はハーフエルフがじゃなくて、エルフが人間に近い種族ってことです」

　クロノは中学校の授業を思い出しながら答えた。染色体（せんしょくたい）の数が一致（いっち）していなければ子どもはできないはずなので、人間とエルフは種として極（きわ）めて近しいはずだ。

「人間がエルフから分化したのか、エルフが人間から分化したのかは分かりませんが」

「分化？　クロノ殿が何を言っているのか分からないのだが？」

「進化論……あ、進化っていうのは生物が環境や突然変異とかで、変化したり、別の種に枝分かれすることです」

「生物も家門や武術の流派と同じように分派していくということかな？」

「大体、そんな感じです」

クロノが肯定すると、レオンハルトは難しそうに眉根を寄せた。

「なかなか面白い発想だが、私には冒涜的な考え方のように思える」

「そうかい？　ボクは愉快な考え方だと思うけどね」

ふふ、とリオは笑い、ワイングラスを口元に運んだ。

「何故、クロノ殿はそのように考えるのかね？」

「それほど信心深くないのが理由の一つです。神話は人間が編纂したものなので、それを前提に物事を考えるのはちょっと抵抗が……」

「なるほど、そういうことか」

レオンハルトは合点がいったと言うように相槌を打った。

「では、神は何処におわすと思う？」

「何処と言われても……」

「そう難しく考える必要はないよ。クロノ殿の考えを教えて欲しい」

クロノは口籠もると、レオンハルトは優しげな声音で言い、木製ジョッキを呷った。

面白がっているような雰囲気なので正誤は気にしなくてよさそうだ。

「六柱神は火、水、土、風、闇、光の化身なので何処にでもいるのではないでしょうか？　たとえばそのビールだって大麦は地面から生え、水と風、太陽に育まれ……とにかく神様が作っています」

「ははッ、そうか。我が神はここにおわしたか」

レオンハルトは愉快そうに笑い、再びビールを呷った。火と闇について突っ込まれたらどうしようかと思ったが、難しく考える必要はないという言葉に嘘はなかったようだ。それにしても進化論に理解を示しながらも冒涜的と考えるなんて宗教は面倒臭いものだと思う。その時――。

「クロノ！　よくも置き去りにしてくれたなッ！」

ティリアの怒声が響き渡った。扉の方を見ると、ティリアが箱を脇に抱えて近づいてきた。床を踏み抜かんばかりの荒々しい足取りだ。

先程の件もあってか、レイラは隣の席に移動した。ティリアはテーブルの上に箱を置いた。蓋が開き、ミイラが出てくる。破損部分から針金が見える。どうやら偽物のようだ。

「あれから私が――」

「まあまあ、ワインでも飲んで」

「こんなもので騙されるか！」

と言いながらティリアはクロノからグラスを受け取り、ワインを飲み干した。

「大変だったね」

「他人事のように言うな。お前が私を置き去りにしたせいなんだぞ」

ティリアはグラスをテーブルに置き、クロノを睨んだ。レイラがグラスにワインを注ぐ。

「ごめん。大変だったよね」

「ああ、海の果てに落ちたとか言い出した時にはどうしようかと思ったぞ」

「分かる分かる。話が支離滅裂なんだよね」

「そうなんだ。明らかに作り話なんだが、無下にできなかった」

「皇女様だもんね」

「そうだ。私にも立場があるんだ」

ティリアは再びワインを呷った。レイラが空になったグラスにワインを注ぐ。

「すごいプレッシャーがあるんだよね」

「そうだ。なんだ、分かってるじゃないか」

ティリアは満足そうに微笑み、ワインを呷った。結構なハイペースだ。

それにしても奥義・相槌の効果は素晴らしい。

「そういえばサイモンとヒューゴに会ったよ」

「誰だ、それは？」

「軍学校の同期だよ。覚えてない？　サイモンは演習でティリアが罠に掛けた――」

「人聞きの悪いことを言うな。あれは駆け引きだ」

ティリアはムッとしたように言い、ワインを飲んだ。といっても半分ほどだ。

レイラがワインを注ぎ足す。見事なアシストだ。

「うん、あいつか。思い出した。それで、ヒューゴは？」

「騎兵を馬から引き摺り下ろそうとしてがんがん蹴られたヤツ」

「そういえばそんなヤツもいたな。あれはすごかった」

「そんなことがあったのかね？」

「ふふ、真面目に見に行けばよかったよ」

ティリアが遠い目で呟き、レオンハルトとリオが酒を飲みながら応じる。

どうやら二人とも見学に来なかったようだ。

サイモンは近衛騎士になれるかもと張り切っていたのだが、不憫としか言いようがない。

「軍学校か、懐かしいな」

「卒業間際までお願い行脚していたのにか？」

「終わりよければ全てよしだよ」

「ふむ、何か印象に残っていることはあるか？」

ティリアはやや前傾になって言った。胸の谷間が眩しい。

ふと軍学校で初めてティリアを見た時のことを思い出した。

「初めてティリアを見た時、太陽みたいだと思ったよ」

「そ、そうか」

ティリアは嬉しそうに口元を綻ばせた。

「そこがピークだったね」

「なんだとッ？」

「演習で斜面を駆け下りて騎乗突撃かましてきた時は……」

「かました時は？」

ティリアは鸚鵡返しに呟き、ごくりと喉を鳴らした。

「死ね！　このアマッ！　って思ったよ」

「お、お前はそんなことを考えていたのかッ？」

「演習の後で論戦を吹っ掛けてきた時は――」

「もういい！」

ティリアはクロノの言葉を遮り、ワインを呷った。忌ま忌ましそうに顔を顰める。

「お前は私のことが嫌いなのか？」

「好きか嫌いかで言えば好きだよ」

「そ、そうか」

ティリアは恥ずかしそうに顔を赤らめて言った。

「よし！　今日は飲むぞッ！」

「では、改めて乾杯するとしよう」

ティリアが宣言すると、レオンハルトは木製のジョッキを持った。

「何に乾杯するの？」

「もちろん、ボク達の出会いに」

「ぐぬッ！」

リオがクロノを流し目で見ながら言うと、ティリアは奇妙な呻き声を上げた。

「皇女殿下、音頭を」

「分かった」

レイラに促され、ティリアはグラスを手に取った。

「私達の出会いに！　乾杯ッ！」

「「「乾杯！」」」

ティリアがグラスを高々と掲げ、クロノ達もそれに倣った。

こうして舞踏会の夜は更けていった。

※

クロノが目を覚ますと、ティリアが隣でグラスを傾けていた。レイラとエレナはテーブルに突っ伏し、フェイは背もたれに寄り掛かって安らかな寝息を立てている。

「ようやく目が覚めたのか」

「リオとレオンハルト殿は？」

「レオンハルト殿は帰った。ケイロン伯爵は知らん」

クロノは視線を巡らせた。人の姿はない。帰ったということはないだろうが——。

「帰り支度をすると言って出て行ったぞ」

「そうなんだ」

「さて、と」

ティリアはグラスを置いて立ち上がった。足取りはしっかりしている。

「帰るんだ？」

「違う！」

ティリアはムッとしたように言い、手を差し出してきた。

「ようやく邪魔者が消えたんだ。踊らないか？」

「ごめん。踊れないんだ」

「お前はどうしようもないな」

ティリアは溜息交じりに言い、がっくりと肩を落とした。折角、踊ろうと言ってくれたのに申し訳ないが、本当に踊れないのだ。

「本当に踊れないのか？　お前の国の踊りでもいいぞ？」

「僕の国の踊りと言っても。フォークダンスは振り付けを忘れちゃったし、そもそも舞踏会でやるようなダンスはテレビで見たことしかないし」

「なんだ、お前の世界にも舞踏会があるのか」

「まあ、似たようなものかな」

「どんな風に踊るんだ？」

「抱き合ってゆらゆら揺れたり、くるくる回ったりするんだよ」

ぐぬ、とティリアは呻き、こめかみを押さえた。どうやら理解を超えているようだ。

「ま、まあ、何とかなる」

「ステップとか知らないんだけど？」

「フィーリングで何とかするぞ、フィーリングで」

ティリアはクロノの手を取って引っ張った。引かれるまま中央に移動する。

「で、どんな風に抱き合うんだ？」

「片手は握り合って、もう片方は相手の腰に回す感じ」

「こ、こうか？」

ティリアはクロノの右手を握り、右腕を腰に回してきた。おっぱいが当たっている。近すぎるような気もしたが、それを指摘するのは野暮だろう。おっぱいは正義だ。

「お前も私の腰に手を回せ」

「う、うん、分かった」

クロノが左手で腰に触れると、ティリアはびくっと体を竦ませた。

「これでゆらゆら揺れたり、回ったりするんだな？」

クロノはティリアと抱き合ったまま体を左右に揺すった。ダンスと呼べるほど立派なものではないが、飲み会の後ならばこんなものだろう。

ティリアはクロノを見つめ、小さく笑った。

「どうかしたの？」

「ハーフエルフが絡まれていた時のことを思い出したんだ」

「それは趣味が悪いよ」

「そうじゃない！」

ティリアはムッとしたように言った。

「じゃあ、なんで？」

「お前の姿を思い出していたんだ。やはり、お前も男なんだと感心した」

ふふふ、とティリアは嬉しそうに笑った。綺麗だなと思う。皇配を目指してみるのも悪くないかなと思うが、そんな考えを無意識のダストシュートに投げ捨てる。自分の欲のために部下を危険な目に遭わせる訳にはいかない。

「……時よ、止まれ」

「何を言ってるんだ？」

「ティリアともう少し踊っていたいと思ってさ」

「そうだな」

ティリアは小さく呟き、しな垂れかかってきた。

※

少し飲み過ぎたかも知れない。そんなことを考えながらレオンハルトは箱馬車を降りた。

空気は冷たく、吐息は白い。酔い醒ましに庭園を歩く。庭園は静寂に包まれていた。

パラティウム邸は旧市街——第一街区にある。名門貴族の私邸が建ち並ぶエリアだ。

警備兵が重点的に見回っていることもあって治安がよく、喧噪とも無縁だ。

レオンハルトは庭園を歩き回る。ふわふわとした感覚が心地よい。

やはり、飲み過ぎてしまったようだ。だが、偶にはこんなことがあってもいいと思う。

クロノの話は楽しかった。進化論もそうだが、それ以上に彼自身が面白かった。

異端としか言いようのない価値観だったが、それが新鮮で心地よく感じられた。

「……また酒を酌み交わしたいものだ」

レオンハルトは足を止め、顔を上げた。月明かりが庭園に置かれた石像を照らしている。

剣を掲げた男の像だ。男はパラティウム公爵家の開祖——二代目皇帝の弟にあたる。

純白にして秩序を司る神の神威術士で、戦場で皇帝を守るために光となって消えた。

神威術の奥義・神威召喚を使ったためとされているが、真偽は定かではない。

もう一つの奥義——神器召喚でさえ到達できる者は皆無に等しいのだ。

どれほど研鑽を積めばその高みに到達できるのか見当も付かない。

「やはり、飲み過ぎたか」

レオンハルトが屋敷に向かうと、メイドがこちらに向かってきた。

「レオンハルト様！」

訛りのある口調で名前を呼ばれる。メイドのリーラだ。

リーラはスカートをたくし上げて走り寄り、上目遣いにレオンハルトを睨んだ。

「待っていてくれたのか、リーラ？」

「オラだけじゃねぇ。みんな、起きて待ってただよ。こんなに遅くなるなら、オラと爺やさんだけで待ってればよかっただ」

レオンハルトは優しく声を掛けたが、リーラは不満そうに下唇を突き出している。

頭を撫でようとすると、払い除けられた。

「子ども扱いしないでけろ。こう見えてもオラは年上だぞ」

「ああ、それはすまなかった」

「ったく、本当に分かってるだか？」

「分かっているとも」

レオンハルトが歩き出すと、リーラが体当たりをしてきた。優しく彼女を受け止める。

「では、離れて歩くとしよう」

「オラ、酒臭えの嫌いだ」

「ああ、お陰で飲み過ぎてしまった」

「舞踏会は楽しかっただか？」

良薬は苦いものだ。普段から慣れておけば部下の諫言に耳を傾けやすい。

それでも、レオンハルトは彼女に自由な発言を許していた。

そのような出自であるため彼女を快く思っていない使用人はそれなりにいる。

奉公人として引き取られた貧農の娘という出自を考えれば仕方がない。

仕事はそれなりにこなせるが、訛りがひどく、教養もないため接客には不向きだ。

さらにウェストはややたるんでいる。

ぽっちゃりとした体形――というのは控え目な表現で、胸と尻は無駄に肉付きがよい。

犬歯が欠けているので口を開けて笑うと間が抜けて見える。纏めた髪も貧乏臭い。

彼女は醜女ではないが、舞踏会で見た貴族の令嬢と比べると格段に見劣りする。

リーラはムッとしたように顔を背けた。レオンハルトは彼女の横顔を見つめる。

「本当かどうか怪しいだ」

いくら酔っているとはいえ、彼女を受け止められないようでは近衛騎士の名折れだ。

「……甘い」

「レオンハルト様はいけずだ」

リーラは拗ねたように唇を尖らせ、レオンハルトが着ている軍服の袖を握った。

「酒臭いのは苦手なのだろう？」

「だから、こうして離れてるだ」

やれやれ、とレオンハルトはリーラを引き摺って歩き出す。

「今日はどうするだか？」

「湯浴みして寝るだけだよ」

「じゃ、オラが添い寝してあげるだ。ただし、それ以上はなしだ」

「私から求めたことはないのだがね」

「レオンハルト様はいけずだ」

事実を指摘しただけなのだが、リーラは不満そうに下唇を突き出した。

第五章『崩御』

　舞踏会の翌日――クロノはクロフォード邸の自室で目を覚ました。飲み過ぎてしまったらしく帰宅するまでの記憶が曖昧だ。ティリアと踊ったことは覚えているのだが。

　まあ、こうして無事にベッドで目を覚ましたのだから気にする必要はないだろう。

「体がべとべとするけど、お風呂の準備には時間が掛かるし……」

　もう一眠りしようと考えたその時、布団が膨らんでいることに気付いた。昨夜は一人で寝たような気がするのだが、誰をベッドに連れ込んでしまったのだろう。レイラか、エレナか、それともフェイか。マイラの可能性もある。もぞもぞと膨らみが動き――。

「ぷはッ！　布団の中は蒸し暑いね」

「リオ！」

「そうだよ」

　クロノが名前を叫ぶと、リオは胸を隠すように俯せになった。アンニュイな表情だ。まるで情事を交わした後のように――。いや、結論を出すのはまだ早い。反応を愉しんでいる可能性もある。事実確認をしなければなるまい。

「り、リオ、ゆ、ゆゆ、昨夜は——」

「最高の夜だったよ」

リオが陶然と息を吐き、クロノは顔を覆った。やってしまった。よりにもよって男と。

いやいや、とんでもないことをしてしまったが、何とか挽回できるはずだ。

掘られたのでなければ大丈夫だ。いつもの自分に戻れる。そのはずだ。

「ゆ、昨夜のこ、ことなんだけど……」

「昨夜のことがどうしたんだい？　どうやって愛し合ったのか説明して欲しいのかい？」

「で、でで、できれば……」

クロノが覚悟を決めて言うと、リオは小さく噴き出した。

「ははは、そんなに心配しなくてもいいよ。昨夜は何もなかったからね」

「本当にッ？」

「嬉しそうな顔をされると傷付くよ。けど、本当に何もなかったよ」

「神に誓える？　嘘を吐いたら君の家族は地獄落ちだよ？」

「クロノは子どもみたいなことを言うね。まあ、家族が地獄に落ちるのはいいんだけど」

リオは深々と溜息を吐いた。

「分かった。神に誓って、昨夜は疚しい関係にはならなかったよ」

「よかった」

クロノはホッと息を吐いた。リオには申し訳ないが、性的嗜好を大事にしたいのだ。

「疚しい関係になるのはこれからさ」

「――ッ！」

リオの瞳が妖しい輝きを放つ。いつか見たレイラの目に似ていた。捕食者の目だ。クロノは逃げようとしたが、あっという間に組み敷かれ、彼を見上げる羽目になった。そこであることに気付く。リオの胸がわずかに膨らんでいたのだ。女であることを期待して下を見ると、男にしか存在しない器官があった。

「ふふ、よく見ておくれ」

「――ッ！」

リオが膝立ちになると、クロノに存在していない――女性特有の器官が露わになった。

両性具有という言葉が脳裏を過る。

「驚いたかい？」

「かなり驚いたけど、その傷は？」

クロノはリオの胸を見つめた。そこには深い傷があった。

「これは自分で削ぎ落とそうとしたんだよ。目を覚ましたらベッドの上だったけどね」

「下も？」

「もちろんだよ」

　クロノはリオの下半身を見つめた。見ているだけで玉がひゅんとなる。

「あまり驚いていないみたいだね？」

「驚いてはいるけど……」

　クロノは口籠もった。エルフやドワーフ、獣人、リザードマンまでいる世界で両性具有の何に驚けばいいのだろう。正直、驚くポイントが分からない。

「ボクの両親もクロノみたいに図太ければこんな真似しなくて済んだのだけれどね」

「どういうこと？」

「クロノは新貴族だからね。ああ、これは馬鹿にしている訳じゃないよ」

「それは分かるよ」

「昨夜も言ったけど、旧貴族は純白にして秩序を司る神を信仰している所が多いんだよ。ボクの家もその例に漏れずって感じでね。ところで、クロノは純白にして秩序を司る神の教義についてどれくらい知ってるんだい？」

「お堅い神様ってことくらいしか知らないよ」

確かエレナは純白にして秩序を司る神を信仰しているから婚前交渉は駄目と言っていたような気がする。本当か嘘か分からないが――。

「ボクみたいなのも秩序から外れた存在と見なされるんだ。ハーフエルフと同じさ」

「ひどい神様だね」

クロノは顔を顰めた。そういう人達にこそ神は必要なのではないかと思う。

「他に質問はあるかい？」

「どうして、僕と疚しい関係になりたいの？」

「ハーフエルフを愛人にしている君ならボクを受け入れてくれると思ったのさ。たった一晩で予感は確信に変わったよ。だから、ボクを受け入れておくれ」

「もし、断ったら？」

リオは上唇を舐めた。それだけなのに猟奇的な感じがした。いい予感はしない。

「それを説明するにはボクの一回目と二回目の恋について説明しなければならないね。ああ、誤解して欲しくないのだけれど、ボクは男性を受け入れたことはないし、女性に受け入れてもらったこともないよ」

「断った相手はどうなったの？」

「おや、断られたなんて言ったかな？」

「処女だって言ったじゃない」

「処女か、何だか照れるね」

リオは頬を赤らめて言った。

「改めて聞くけど、断った相手はどうなったの？」

「初めて告白したのは実家にいた下男なんだけど、可哀想に獣の餌になったよ。二人目は近衛騎士になった時の同期でね。決闘をして名誉ある死を迎えたよ。まあ、決闘相手はボクだったんだけれど。刻み殺した時に……」

「刻み殺した時に？」

「恥ずかしい話なんだけれど、達してしまってね」

クロノが鸚鵡返しに呟くと、リオは恥ずかしそうに告白した。碌でもない告白だった。できれば聞きたくなかった。記憶を削除できるものなら削除したい。

「選択の余地がない！」

「決闘に勝てば問題ないじゃないか」

「近衛騎士団の団長に勝てるかッ！」

「ハーフエルフは受け入れたのにボクは受け入れてくれないのかい？」

クロノが突っ込むと、リオは悲しげな表情を浮かべた。迷子のようだと思う。

「クロノのためなら何でもするよ。近衛騎士団に入団できるように便宜を図るし、団長の座を譲っても構わない。愛人の一人で構わないから、ボクを受け入れておくれよ」

怖い、とクロノは懇願するリオを見ながらそう感じた。自分を振った相手を殺していることが恐ろしい。だが、それ以上に出会ったばかりのクロノに全てを捧げようとする在り方が怖かった。どうして、こんな風になってしまうのだろう。いや、原因は明らかだ。誰にも——家族にさえ受け入れてもらえなかったからこうなってしまったのだ。

「どうだい？」

「近衛騎士団に入りたいと思わないし、団長の座にも興味はないよ」

「どうして！　近衛騎士団はエリートだ！　団長の座は新貴族のクロノには望むべくもない地位のはずだ！　そんなに……そんなにボクを受け入れるのが嫌なのかい？」

「昨夜も言ったけど、友達からじゃ駄目かな？」

僕は馬鹿だな、とクロノは思った。命が惜しければリオの条件を呑むしかない。それなのに友達を——可哀想な女の子を裏切りたくないと思っているのだ。

「まさか、ボクが本気じゃないと思ってるのかい？」

「そうじゃない！」

「なら、ボクの本気を見せてあげるよ。翠にして流転を司る神よ」

リオが人差し指を天井に向けると、緑色の光が人差し指を中心に渦を巻いた。

「いくよ？」

「――ッ！」

クロノは体を強張らせた。緑色の光が分裂して胸の上を通り過ぎたのだ。痒みとも、痛みともつかない感覚が生じる。胸を見ると、血が滲んでいた。リオは指で血を絡め取り、恍惚とした表情でそれを口に含んだ。色っぽいだけに余計に怖い。

「ボクの本気が分かったかい？」

「痛ッ！　今になって痛くなってきた！」

「おや、それは済まなかったね」

リオはクロノに覆い被さり、ぴちゃぴちゃと血を舐めた。その姿は淫靡極まりない。しばらくしてリオは体を起こした。股間のものは元気一杯だ。

まあ、それはクロノも同じなのだが――。

「答えは決まったかい？」

「うん、もう、受け入れてもいいかなって気がしてきた」

「本当かい？　いや、クロノは嘘を吐いてる！　受け入れるつもりなら最初から受け入れているはずだ！」

リオは嬉しそうに声を弾ませたが、すぐに頭を振って否定した。

「本心を言うんだ」

「この状態で受け入れるのは自己保身っぽくて嫌だな〜とは思うんだけど……」

「思うんだけど？」

「ハシェルを出てから禁欲しているせいもあってか、リオが女の子にしか見えない。だから、もういいかなと思って」

クロノが笑うと、リオはびくっと体を竦ませた。

「うりゃッ！」

「きゃッ！」

クロノが体を起こすと、リオは倒れた。体を捻り、四つん這いになって逃げようとする。パニックに陥っているのだろう。彼女が本気になればクロノなど瞬殺できるのに。

「逃がすかッ！」

「いやッ！」

クロノが足首を掴んで引き寄せると、リオは可愛らしい悲鳴を上げた。

そのまま引き寄せ、覆い被さる。またしてもリオは体を竦ませた。

「あ、当たってる」

「言ったでしょ？　女の子にしか見えないって」

「そ、そんな、こんな簡単に……だったら、ボクの人生は」

「呆然としている所を悪いんだけど、いいよね？」

「いい？　ま、待っておくれよ！　ボクはまだ覚悟が！」

「痛ッ！」

　突然、リオが暴れ出す。その拍子に肘が当たり、力を緩めてしまう。その隙を突いてリオが匍匐前進で逃げ出すが、クロノは再び足首を掴んで引き寄せた。

「逃げたりして悪い子だ！　わ、わ、悪い子には、おし、お仕置きだッ！」

「いやッ！　犯されるッ！」

　リオが可愛らしい悲鳴を上げた直後、ガチャという音と共に扉が開いた。扉を開けたのはレイラだ。その背後にはマイラが立っていた。ガランガランという音が響く。レイラが持っていた桶を落としたのだ。気まずい沈黙が舞い降りる。

「違うんだ。レイラ、話し合おう」

「わ、私がメイド修業にかまけたばかりに旦那様が男色に！」

　レイラの悲痛な声がクロフォード邸に響き渡った。

※

「うう、口の中が鉄臭い」

クロノは養父と親子の語らい——乱取りを終え、血の味に顔を顰めながら地面に座った。

養父はリオとの一件を気にしていない風だったが、背後を取った次の瞬間、俺の尻を掘れると思うな！　と叫んで裏拳をぶち込んできた。

不意に視界が翳る。顔を上げると、リオが笑顔でこちらを見下ろしていた。

着ているのはドレスではなく、クロノの普段着だ。やはり、ちょっと胸がある。

「ボクが癒やしてあげようか？」

「僕が父さんに殴られたのはリオのせいもあると思うんだけど？」

「言い掛かりだよ」

リオは可愛らしく頬を膨らませ、クロノの隣に腰を下ろした。

「大体、嫌がるボクを犯そうとしたのはクロノじゃないか」

「そこだけ聞くと、リオが被害者に聞こえるね」

「被害者さ。まあ、クロノにも情状酌量の余地はあると思うけどね」

リオが軽く肩を竦めた直後、カンという音が響いた。音のした方を見ると、養父とフェイが戦っていた。二人の得物は普通の木剣だ。養父が怒濤のような攻撃を仕掛け、フェイは攻撃を躱しながら隙を突いて懐に潜り込もうとする。

だが、養父はその意図に気づいているらしく木剣を軽く振って牽制する。軽くといっても恵まれた体躯から繰り出される一撃は容易く骨を砕く。もちろん、どれだけ手加減をしてくれるかにもよるが——。

「クロノの部下はいい動きをするね」

リオは感心したように呟いた。正直、フェイが攻めあぐねているようにしか見えないのだが、近衛騎士団の団長の見解はクロノとは異なるようだ。

「白い軍服を着ているけど、何処に所属してたんだい？」

「第十二近衛騎士団だよ。ずっと雑用をやってたらしいけど」

「ピスケ伯爵の所か」

リオは溜息交じりに言った。

「駄目な人なの？」

「う～ん、自己保身の傾向が強かったり、好き嫌いが激しかったりするけど、それなりに能力もあるし、そんなに悪い人ではないよ」

「いい人には思えないんだけど？」

リオはくすくすと笑い、養父とフェイの戦いに視線を戻した。二人は先程と同じように戦っている。養父が怒濤のように攻撃を仕掛け、フェイが何とか懐に潜り込もうとして牽制される。その繰り返しだ。このまま日が暮れるのではないかと思うほど変化に乏しい。

「クロノの部下は何か狙ってるのかな?」

「神威術の使い所を探ってるのかな?」

クロノは目を細めた。黒い靄はフェイの体から立ち上っていない。

「多分、それだね。でも、そろそろ仕掛けるんじゃないかな?」

「あッ!」

クロノは思わず声を上げた。養父が木剣を振った直後、フェイが加速したのだ。黒い靄を立ち上らせながら背後に回り込み、木剣を突き出す。だが、木剣は空を貫いた。養父が体を捻って攻撃を躱したのだ。フェイが口惜しそうな表情を浮かべる。直後、養父が木剣でフェイの頭を軽く叩いた。

「痛いでありますッ!」

「俺の勝ちだな」

養父は木剣を担ぎ、ニヤリと笑った。

「どうでありますか？」

「そこそこ頭を使ってたんじゃねぇか？　神威術を使わないんじゃねぇかと思わせたのも、馬鹿の一つ覚えみたいに懐に潜り込もうとしてこっちの攻撃をパターン化させたのも悪くねぇと思うぜ。相手が俺じゃなけりゃ引っ掛かってたかもな」

養父はフェイの頭を掴み、左右に動かした。多分、撫でているつもりなのだろう。

養父がこちら――リオに視線を向け、木剣を放った。リオは木剣を掴み、立ち上がる。

「次はお前が相手をしてやれ」

「どうして、ボクがそんなことをしなくてはいけないんだい？」

「俺の家を宿代わりに使ったんだ。ちったぁ働きやがれ」

「それを言われると弱いね」

リオは具合を確かめるように木剣を持ち替えながらフェイの前に立った。

「よろしくお願いするであります！」

「剣はあまり得意ではないのだけれどね」

フェイが木剣を中段に構えるが、リオは切っ先を下に向けたまま構えようとしない。

やる気の差は歴然としているが、それだけで勝てるほど戦いは甘くない。

「お手柔らかに頼むよ」

「行くであります！」

リオが溜息交じりに言った直後、フェイが地面を蹴った。一気に距離を詰めて突きを放つ。手加減しているようには見えない本気の一撃だが、リオは体捌きのみで攻撃を躱し、フェイの背後に回り込んだ。柳か、綿毛のように捉え所のない動きだ。クロノならば瞬殺されてしまうだろう。それにしても、これで剣はあまり得意でないとは――。

リオが無造作に木剣を振り下ろす。カーンという音が響く。フェイが振り向きざまに木剣を一閃させ、リオの攻撃を弾いたのだ。リオは意外そうに目を見開き、笑った。あまり乗り気ではなさそうだったが、彼女もまた一流の剣士だ。強い相手と戦うのが楽しいのだろう。好きこそものの上手なれ――そうでなければ一流の剣士になどなれない。

フェイがチャンスとばかりに突っ込んで木剣を振り下ろす。リオは木剣で攻撃を受け、そのまま鍔迫り合いに移行する。そのまま動きを止める。体の各所がぴく、ぴくっと動いているので高度な駆け引きを行っている可能性が高い。

見ればフェイも笑みを浮かべていた。楽しくて堪らないという表情だ。異動前――第十二近衛騎士団では厩舎の掃除係をしていたそうなので余計に楽しいのだろう。

二人は鍔迫り合いを続けていたが、それも長くは続かなかった。フェイが力任せにリオを押し退けたのだ。いや、違うか。リオはフェイに合わせて跳躍したのだ。五メートルほど距離を取り、ふわりと地面に舞い降りる。体から緑色の光が立ち上っている。翠にして流転を司る神の神威術だ。

「神威術・神衣さ」

「これはリオの勝ちかな」

「まだ、勝負は付いていないであります！」

クロノが呟くと、フェイが大声で言った。確かに勝負は付いていないが——。

「ビジュアル的に負けてるよ」

「そ、そ、そんなことないであります！　神様、お願いであります！　神威術・神衣！」

クロノの言葉を否定しようとしたのか、フェイが神威術を使った。黒い靄が立ち上る。

「どうでありますか！」

「やっぱり、ビジュアル的に負けてる」

「そんなことないであります！」

フェイが突っ込む。ビジュアル的に負けているという指摘がかなり応えたようだ。

「滅殺であります！」

「ふふ、残念」

フェイが裂帛の気合いと共に木剣を一閃させる。だが、リオは軽やかに躱して距離を取った。木剣を振った時に生じる風圧で吹き飛ばされたのではないかと思ってしまうほど体重を感じさせない動きだった。

「じゃ、少し本気で行くよ？」

　宣言した直後、緑色の軌跡を残してリオの姿が消えた。注意深く観察すると砂や小石が不自然に動いていることに気付く。もちろん、フェイも気付いているはずだが、木剣を構えたまま視線を巡らせるだけで動こうとしない。どうやら彼女の力量でもリオを捕捉できないようだ。このままでは一方的に攻撃されて終わりだ。

　自分なら――、と考えたその時、砂や小石の動きがぴたりと止まった。次の瞬間、リオがフェイの背後に現れる。そのまま木剣を振り下ろす。乾いた音が響き渡る。フェイがリオの木剣を受け止めたのだ。それも養父のように木剣を担いで。リオは驚いたように目を見開き、距離を取った。

「よくボクの攻撃を受けられたね？　見えていなかったんだろ？」

「勘であります！」

「勘ッ？」

　フェイが向き直って叫ぶと、リオは素っ頓狂な声を上げた。気持ちはよく分かる。勘の一言で死角からの攻撃を受け止められたら誰だって驚く。

「反撃であります！」

「チッ！」

フェイが地面を蹴ると、リオは忌ま忌ましそうに舌打ちして距離を取った。接近戦は不利と判断したのだろうか。いや、様子見に徹しようと考えたのかも知れない。その判断は間違っていないように思えるが、本当に正しいのかという不安が湧き上がってくる。

「攻撃が届かないのなら！」

フェイが再び地面を蹴るが、距離は縮まらない。当たり前か。実力差があっても逃げに徹していれば簡単に勝負は付かないものだ。実力が伯仲していてもそれは変わらない。

「神様、我が刃に祝福を！」

木剣の柄からごぽごぽと闇が溢れ出した。粘着質なそれは瞬く間に木剣を覆い尽くした。神威術・祝聖刃だ。だが、それを使ってもリーチを伸ばすことは――。

「伸びるであります！」

フェイが叫んだ次の瞬間、木剣が伸びた。いや、木剣を覆っていた闇が伸びて刃を形成したのだ。刃を伸ばせるとは思っていなかったのか、リオは大きく目を見開いた。

「だりゃぁぁぁッ！」

「神よ！」

フェイが木剣を一閃させ、リオが光の壁(かべ)を展開する。だが、光の壁はガラスが砕けるような音と共に砕け、闇の刃がリオの首筋を掠(かす)めた。

「や――――ッ！」

「神よ！」

「ふぎゃッ！」

フェイが快哉(かいさい)を叫ぼうとした瞬間、リオの神威術が炸裂(さくれつ)した。完全に油断していたフェイは為(な)す術(すべ)もなく吹き飛ばされ、ごろごろと地面を転がった。何とか立ち上がるが、ふらふらしている。フェイにとっては不意打ち同然の一撃だったので無理もない。

「よくもやってくれたね」

リオは木剣を投げ捨て、左手をフェイに向けた。左手から緑色の光が溢れ出す。美しい光景だが、悪寒(おかん)が背筋を這(は)い上がる。止めなければ、と立ち上がったその時――。

「そこまでです」

マイラの声が響いた。いつの間に移動したのかリオの背後に立っている。

「邸内(ていない)で殺人はご遠慮(えんりょ)下さい」

「全然、気配を感じなかったよ」

「昔は無音殺人術(サイレント・キリング)のマイラと呼ばれていたものですから」

「その名前は爺に聞いたことがあるよ」

「恐縮です。それで、どうされますか？　続けるのであれば、かつての異名通り――」

「続けないよ」

リオが降参とばかりに手を上げると、緑色の光は霧散した。

※

夜――レイラは自分の部屋でマイラと向かい合っていた。

「ようこそ、厳しい修行に耐えました。本日を以て、貴方はなんちゃってメイドを卒業します。今日から貴方は見習いメイドです」

「教官殿、ありがとうございます」

「礼を言われるほどのことはしていません。全て、貴方の力です」

マイラは優しくレイラの肩に触れた。慈愛に満ちた表情を浮かべている。

眼球の奥が痺れる。いまだかつてこれほどの達成感を抱いたことはなかった。

「現在、坊ちゃまの性欲はＭＡＸです。リオ様の件では肝を冷やしましたが、邪魔することができたのでよしとしましょう。思う存分、やってきなさい」

「はい！　教官殿ッ！」

レイラは部屋を飛び出し、階段を駆け上がった。クロノの部屋の扉をそっと開ける。

すると、クロノが真剣で素振りをしていた。下着姿でびっしょりと汗を掻いている。

素振りを止め、こちらを見る。

「レイラ？」

「だ、いえ、クロノ様、お邪魔でしたか？」

「いや、邪魔じゃないよ」

クロノが剣を鞘に収め、レイラはそっと部屋に入った。

「少し驚きました。クロノ様は――」

「自分から鍛錬しそうにない？」

「申し訳ありません」

「ひどいな。これでも欠かさずに鍛錬をしてるんだよ。まあ、今日は別の理由だけど」

クロノがこちらに視線を向ける。熱っぽい視線だ。きっと、女を欲しているのだ。

「ところで、どうして僕の部屋に？」

「メイド修業が終わったので……」

夜伽を務めに参りました、とレイラは小さく呟いた。

「つまり、いいってこと？」

「……はい」

レイラは頷いた。クロノは相好を崩し、慌てた様子で口元を押さえた。

自分がそうであるようにクロノも嬉しいようだ。

「じゃ、扉を閉めたら……」

「は、はい、分かりました」

上擦った声が出てしまい、レイラは俯いた。どうして、こんな時に。そんなことを考えながら振り返る。クロノが言った通り、扉が少しだけ開いていた。扉を閉めた次の瞬間、背後から抱き締められた。もちろん、抱き締めたのはクロノだ。

「クロノ様、ベッドまで――」

「もう我慢できない」

クロノが切羽詰まったように言い、体の芯が熱くなる。

「いいよね？」

「……は、い」

「じゃ、壁に手を付いて」

クロノが離れ、レイラは言われるがままに壁に手を付いた。びくっと体を震わせる。

ひんやりとした感覚に再び体を震わせる。クロノがショーツを下ろしたのだ。

「レイラも――」

「そ、そんなこと仰らないで下さい」

頬が熱い。辱められている。だが、それすらも心地よく感じられた。

「そういえば……」

「何でしょうか？」

レイラはクロノに背を向けながらもじもじと太股を擂り合わせた。焦らされている。どうして、と思う。だが、自分も同じ思いを味わわせたのだ。因果応報だ。

そう考えると、申し訳ない気持ちが湧き上がってくる。

「旦那様って呼んでくれないの？」

「分かりました。今晩は旦那様と呼ばせて頂きます」

「あと……」

クロノが耳元で囁き、その内容にレイラは胸を高鳴らせた。

「言ってみて」

「は、い、旦那様」

レイラは口を噤んだ。内容は覚えているが、口にするには勇気が足りない。

切っ掛けがあれば——。

「言ってくれないの？」

「旦那様、このいやらしいメイドにお慈悲をお与え下さい」

クロノが残念そうに言い、レイラは勇気を振り絞って教えられた台詞を口にした。

「いい娘だ」

クロノが耳を撫でた。体から力が抜ける。座り込む訳にはいかないと体を支える。

次の瞬間、衝撃が体を貫き、目の前が真っ白になった。がくがくと脚が震える。

「レイラ、動くよ？」

「は、はい、旦那様。思う存分——」

私を貪って下さいという前にクロノは動き始めた。

※

ファーナは肩の凝りを解しつつ廊下を歩く。ラマル五世の寝室に続く廊下だ。

これから夜の仕事——愛人として夜伽を務めなければならない。正直、断りたい。

舞踏会の後処理をしなければならないし、有力貴族に挨拶もしなければならない。

抱かれている暇などないのだ。とはいえ、断れないのが公妾の辛い所だ。

「……うんざりだわ」

小さく呟く。うんざりといえば城内の警備を担当する近衛騎士の態度もそうだ。反応は杓子定規に敬礼するか、侮蔑的な眼差しを向けてくるか、媚びるような視線を向けてくるかのいずれかだ。どうせならいないものとして扱って欲しいものだ。

ささくれだった気分で歩いていると――。

「やあ、ファーナ殿」

気さくに声を掛けられて振り返る。すると、ケイロン伯爵が歩み寄ってきた。

ささくれだっていた気分が和らぐ。評判はよくないが、数少ない友人だ。

評判の悪い者同士のせいか、一緒にいると妙に居心地がいいのだ。

「あら、ケイロン伯爵。今日は真面目に仕事をしているのね」

「人聞きの悪いことを言うね。ボクはいつだって真面目さ」

「そうかしら？」

「そうだよ」

リオ・ケイロン伯爵が追いつき、ファーナは歩き始めた。チラリと隣を見る。彼の首筋に赤い痕があった。キスマークではない。怪我だろう。

「その首はどうしたの？」

「恥ずかしい話だけれど、乱取りで油断してしまってね」

「貴方に傷を付けるなんて、よほどの使い手ね」

「クロノの部下で……確か、フェイと呼ばれていたかな？」

「フェイ？　もしかして、フェイ・ムリファイン？」

「残念だけど、名前と第十二近衛騎士団にいたことしか知らないよ」

「それならフェイ・ムリファインで間違いないわ」

「知り合いなのかい？」

「ええ、彼女の母親が宮廷で働いていたのよ。すごく教育熱心だったわ。けど、娘さんが第十二近衛騎士団に配属されると決まった矢先に亡くなってしまって……」

残念だわ、と今更ながら呟く。半ば没落していたムリファイン家から騎士を輩出するためには寿命を縮めるような苦労が必要だったに違いない。

女官の給料は決して安くない。母娘が慎ましく暮らす分には十分な金額だが、近衛騎士になるために必要な教養と武術を身に付けさせようと思ったら足りないと言わざるを得ない。さらに近衛騎士になるためには実力以上にコネが必要となる。

「貴方の所はどうやって団員を選んでいるの？」

「ボクの所は基本的にコネだよ。でも、軍学校の演習で面白そうなのがいれば声を掛けるかな？　レオンハルト殿やエルナト伯爵は真面目に選んでるね。まあ、エルナト伯爵は他から引っ張ることもあるけどさ。ピスケ伯爵はいい噂は聞かないね」

そう、とファーナは溜息を吐いた。

「溜息なんて吐かなくても、これからは真面目に選ぶようにするさ。かなり癖はあったけど、フェイは――」

何かが割れるような音が響き、ケイロン伯爵は身構えた。視線の先には寝室の扉がある。

「ファーナ殿はここに！」

「分かったわ！」

リオは表情を引き締めて走り出した。寝室の扉を蹴破り、室内に踏み込む。

「陛下！」

ケイロン伯爵の叫び声にファーナは駆け出した。寝室に飛び込むと、そこには全裸で床に倒れているラマル五世とベッドの上で呆然としている若い女官の姿があった。

女官の服は乱れ、頬は腫れ上がっている。それで全てを理解した。ラマル五世は女官に襲い掛かり、突き飛ばされて頭を床に打ち付けたのだろう。問題はラマル五世が死んでいるようにしか見えないことだ。

ケイロン伯爵はラマル五世の傍らに跪いた。

「翠にして流転を司る神よ。癒やしと活性の奇跡を」

「――ッ！」

緑色の光が体を包むと、ラマル五世の胸が上下に動き始めた。

ファーナはゆっくりと二人に歩み寄った。

「陛下は？」

「残念だけど、神威術で無理に生かしているだけで手の施しようがないよ」

ファーナの質問にケイロン伯爵は顔を顰めながら答えた。顔を顰めているのは神威術の副作用によるものだろう。ラマル五世は焦点の合わない目でファーナを見つめ、ゆっくりと手を伸ばした。ファーナは跪き、彼の手を握り返した。

「……ふぁーな、よは、よわいおとこだった」

ラマル五世はたどたどしく言葉を紡いだ。

「よは、むのうであるが、ゆえに、おとうとにそむかれ、よわさゆえに、おとうとをうしなった。だが、よは……おとうとを、あるふぉーとを、にくんでなどいなかったのだ」

ラマル五世は虚空に視線を彷徨わせた。

「……くろーど、あるこる、ふぁーな、てぃりあ、すまない、よは、くろうをかけてばかりだった」

ラマル五世は静かに息を吐いた。

「……よをいかしているのは、だれか？」

「リオ・ケイロンにございます」

「もう、よい。たいぎで、あった。よは、もうつかれた。ねむらせて、くれ」

「御意」

緑色の光が消えると、ゆっくりとラマル五世の体が弛緩していく。

「……あとのことは、あるこるに、まかせてある」

ラマル五世は眠るように目を閉じ、声なき声で囁いた。

ふぁーな、すまなかった。

それがラマル五世の——最期の言葉だった。

第六章『簒奪』

二日後――ラマル五世の葬儀はアルデミラン宮殿の旧城館でしめやかに行われた。功績を考えれば国を挙げての葬儀になっても不思議ではない。むしろ、そちらの方がずっと自然だが、静かに逝きたいという遺志が優先された形だ。

ラマル五世の遺体は旧城館の大広間に安置されていた。参列した貴族による献花が済めば葬送、埋葬となる。もっとも、多くの貴族がラマル五世の崩御を知るのは埋葬されてからになるだろう。多くの貴族は自分の領地にいる。早馬を走らせているが、ラマル五世の死が知れ渡るまでかなりの時間が掛かるはずだ。そのため、葬儀に参列した貴族は宮廷貴族か、何らかの理由があって帝都に滞在していた貴族だけである。

らしい死に方よね。せめて、息子のアルフォートに領地を授けてから死んで欲しかったんだけど、最期の言葉が謝罪だったから言いそびれちゃったのよね、とファーナは特注の棺で眠るラマル五世の穏やかな死に顔を見つめた。

公妾という立場を考えれば泣くふりくらいはすべきなのだろうが、ファーナはそんな気になれなかった。その代わりに心の中で別れを告げる。今までのことは水に流してあげるし、これからする苦労についても恨み言を控えてあげるわ、と。

踵を返すと、目の前に壁があった。いや、壁ではない。胸板だ。ぶつかると目を閉じた次の瞬間、ファーナは優しく抱き留められていた。目を開けると、節くれ立った手が目に飛び込んできた。さらに顔を上げると――。

「危ねぇぜ」

男が笑った。白髪の男だ。眼差しは鋭いが、不思議と愛嬌のある笑顔だった。

「ごめんなさいね」

「おお、気にすんな」

ファーナが離れると、男は棺を覗き込み、驚いたように目を見開いた。

「激太りしてるじゃねぇかッ！」

「――ッ！」

男とは無関係だというのにファーナは周囲を見回してしまった。旧貴族達が忌ま忌ましそうにこちら、いや、男を睨んでいる。

「そんなに激太りすりゃ早死にするに決まってるじゃねぇか！　ああ、情けねぇ！　脱糞しそうになりながら助けを求めてきた時も情けねぇと思ったし、弟の処刑を止められなかった時にも情けねぇと思ったが、こんなに情けねぇ死に方をしてどうするんだ！」

男は捲し立てるように言うと、気が済んだのか、棺に背を向けて歩き出した。

成り上がり者め、なんと不遜な、不敬罪で投獄してしまえばいいものを、と旧貴族達がそんな言葉を口にするが、男は悠々と大広間から出て行った。ファーナも居心地の悪さに大広間を退室する。すると、男がアルコル宰相と話していた。

アルコル宰相は今年で七十になる小柄な老人である。背中こそ曲がっていないが、禿頭と表現しても差し支えないほど髪が薄く、残った髪も長年の苦労を物語るように白い。頭髪が薄くなった分をカバーしているわけではないだろうが、たっぷりと髭を蓄えている。

髪の話はさておき、アルコル宰相が帝国の重要人物であることに変わりはない。そんなアルコル宰相と話せるなんて何者なのか。少しだけ興味が湧いた。

「ハゲたな」

「クロード殿は変わらんな」

恐らく、ラマル五世が最期に呼んだ相手が彼なのだろう。

陛下の言葉を伝えるべきか悩んでいると、男――クロードはファーナに手招きをした。

「何かしら？」

「用事があるのはそっちだろ？　念のために言っておくが、俺を口説くのは勘弁してくれよ。これでも俺は死んだ女房に操を立ててるんでね」

「あら、自意識過剰なのね」

「これでも、若い頃はもてたんだぜ」

ファーナが笑うと、クロードは拗ねたように唇を尖らせた。まるで子どもみたいだ。

「残念だけど、私が貴方を見ていたのは陛下の最期の言葉を伝えるか悩んでいたからよ」

「あいつのことだから、詫びの言葉なんだろ？」

「『すまない。苦労を掛けてばかりだった』が最期の言葉よ」

「そうか。あいつらし――」

「クロード殿」

アルコル宰相が声を掛けると、クロードは顔を顰めた。

「少しくらい感傷的な気分に浸らせてくれてもバチは当たらねぇだろ？」

「すまんな」

「まあ、いいけどよ」

アルコル宰相が謝罪すると、クロードは深い溜息を吐いた。

「麦を売る時期だが――」

「その辺はマイラに任せてる。いつも通りで問題ないんじゃねぇか」

「前年に比べて麦の価格が上がっているのでな」

「今売ったら値崩れしちまうよ」

「それならば――」

二人は会話を続ける。どうすれば小麦の価格を適正に保てるか話し合っているようだ。

どうやら、クロードには相場を操作する力があるらしい。アルコル宰相と話せるはずだ。

不意にクロードがこちらを見る。心臓を鷲掴みされたような衝撃を覚える。

「こっちの嬢ちゃんに話を聞かれてるけど、大丈夫なのか？」

「構わんよ」

アルコル宰相はヒゲを撫で、好々爺のように笑った。だが、目は笑っていない。

ファーナには何もできないと確信しているようだ。その通りだが、気分はよくない。

「別件なんだけどよ。ラマルが死んでも俺らの領地は大丈夫だよな？」

「俺らと言うと？」

「南辺境と息子の領地に決まってるだろ。ボケたのか？」

「まだまだボケてはおらんよ」

アルコル宰相は苦笑した。

「クロノ殿にエラキス侯爵領を与えた件については陛下も追認しているのでな」

「お前はどうなんだ？」

「心配しなくても接収などせんよ。そんな真似をしたら三十年前に戻ってしまうのでな」

「安心したぜ。これで穀物庫に火を付けずに済みそうだ」

「儂も麦の価格が暴騰せずに安心したわい」

クロードが肉食獣のような獰猛な笑みを浮かべると、アルコル宰相は蛇のような——蛇が笑うことができたら、こんな風に笑うであろう——笑みを浮かべた。

「そんな事態は避けてぇもんだ」

「もちろん、誰が皇帝になろうとも領地の接収などさせんよ」

二人は笑みを深め、交渉を再開した。

※

夕方——ファーナはアルフィルク城の円卓の間に呼び出された。息子のアルフォートも一緒だ。呼び出されたのは自分達だけではなかった。各局のトップである軍務局長、財務局長、尚書局長、宮内局長もだ。どういう訳か、第九近衛騎士団のケイロン伯爵と第十二近衛騎士団のピスケ伯爵もいる。

「……母上、私は殺されてしまうのでしょうか？」

「考え過ぎよ」

「そうですか」

アルフォートはホッと息を吐いた。そんな訳ないでしょ、と心の中で突っ込む。第二皇位継承者の存在は速やかな皇位継承の妨げになる。本人にその気がなくてもだ。そういう意味では殺してしまった方が手っ取り早くていい。

どうして、その程度のことも考えられないのかしら、とファーナは溜息を吐いた。アルフォートは十五歳だ。学問と武術をそれなりのレベルで身に付けている。なのに、この体たらくだ。きっと、自分は子育てに失敗してしまったのだろう。まったく、嫌になる。

ファーナが二度目の溜息を吐いたその時、扉が開いた。黒いドレスを身に纏ったティリア皇女が円卓の間に入室する。ティリア皇女は憔悴した様子でイスに腰を下ろし、忌ま忌ましそうにこちらを睨んだ。自分が殺される未来でも幻視しているのか、アルフォートはがたがたと震えている。

我が子ながら情けない。だが、ティリア皇女もティリア皇女だ。舞踏会の開催に協力したのだから労いの言葉を掛けて欲しい。とはいえ、気持ちは分かる。彼女から見れば自分は父親を奪った泥棒猫なのだから。

「ご苦労。今日、ここに集まってもらったのは今後の方針を決めるためだ」

　ティリア皇女は視線を巡らせ、溜息を吐くように言った。

「第一皇位継承者である私が次の皇帝になることに異存はないと思う。もちろん、私は父であるラマル五世が築き上げた今の帝国を蔑ろにするつもりはない。だが、エラキス侯爵の件を見ても分かるように軍事費の横領があったことは無視できない」

　綱紀粛正を行い、自分に近しい者を重要な役職に就けるつもりだろう。

　権力を強化する常套手段だ。陳腐と評してもいいが、効果的なのは間違いない。

　正直、権力に興味はない。興味があるのはどうすれば穏やかな生活を送れるかだ。

　その方法について考えていると、アルコル宰相が口を開いた。

「ティリア皇女、よろしいですかな？」

「何だ？」

　ティリア皇女が不機嫌そうに睨み付けると、アルコル宰相はゆっくりと立ち上がった。

「実は……陛下より遺言を預かっておりまして」

「見せろ」

　アルコル宰相は懐から紙を取り出し、ティリア皇女に差し出した。

　ティリア皇女は紙を手に取り、文章を目で追う。

「――ッ！」

「陛下の遺言には、国をアルフォート殿に譲ると書かれております」

ティリア皇女が息を呑み、アルコル宰相はにたりと笑った。ファーナはようやく紙の正体に気付いた。ラマル五世はファーナの言葉に従い、死んだ弟に国を譲ると紙に書いてしまったのだ。それをアルコル宰相が手に入れた。もっとも、事実を知るのはファーナだけだ。仲がよければ助け船を出したのだが――。

「これは、確かに……父の文字だ」

ティリア皇女が認めると、ファーナとアルコル宰相を除いた全員がアルフォートに視線を向けた。もっとも、アルフォートは自分が殺されなくて済むと分かり、胸を撫で下ろしている所だったたが。

「どうするつもりだ？」

「私としましては遺言に従って頂きたく」

「ふざけるな！」

叫び、ティリア皇女は遺言書を机に叩きつけた。

「ならば、今は亡きアルフォート殿のように反乱を起こすつもりですかな？」

「……それは」

アルコル宰相の言葉にティリア皇女は口籠もった。ティリア皇女が異を唱えれば、呼応する貴族も少なからず現れるだろう。だが、兵士まで応じるかといえば難しいと言わざるを得ない。仮に領主が指揮官を務めていても、兵士は帝国の正規兵なのだ。命令の優先順位は軍務局長にあり、利を示さない限りティリア皇女には従わないだろう。

「ケイロン伯爵、ピスケ伯爵……ティリア皇女を主塔にお連れしろ」

ケイロン伯爵とピスケ伯爵が戸惑うように視線を向けると、軍務局長は静かに頷いた。

「悪く思わないで欲しいね」

「命令ならば仕方がない」

ケイロン伯爵とピスケ伯爵が立ち上がり、ティリア皇女と距離を詰める。

「であれば仕方がないな」

ティリア皇女は溜息を吐き、ピスケ伯爵に向かって跳んだ。顔に肘を叩き込み、華麗な横蹴りを見舞う。一体、どれほどの威力が秘められていたのか。ピスケ伯爵は壁に叩き付けられ、そのまま前のめりに倒れた。

ティリア皇女は剣を振った。恐らく、ピスケ伯爵から奪ったのだろう。

「皇女のやることじゃないね」

「その言葉そっくり返すぞ。これが近衛騎士のやることか？」

「皇女殿下は騎士に夢を見すぎだよ。騎士が皇族に忠誠を誓うなんて流行らないんだよ」

ケイロン伯爵は溜息交じりに言い、剣を抜いた。

「そうか」

「そうさ」

白い光がティリア皇女から立ち上り、呼応するように緑色の光がケイロン伯爵から立ち上る。最初に動いたのはティリア皇女だった。一気に距離を詰めて突きを放つ。手加減など考えていない殺意に溢れた一撃だ。

ケイロン伯爵は怯んだ様子もなく、涼しげな笑みさえ浮かべて突きを躱した。滑るようにティリア皇女の脇に回り込んだ次の瞬間、切っ先が跳ね上がった。甲高い音が響く。ティリア皇女がケイロン伯爵の剣を自身のそれで受けたのだ。

耳障りな音と共にケイロン伯爵の剣がティリア皇女の手元に向かう。鍔迫り合いに移行するつもりか。いや、指か手首を斬り落とすこともありうる。並の剣士であればここで勝負は付いていたはずだが、ティリア皇女は並の剣士ではなかった。

ティリア皇女はケイロン伯爵の剣を払い除けると体当たりを仕掛けた。流石に体当たりをしてくるとは思わなかったのか、ケイロン伯爵は跳び退って距離を取った。

「やれやれ、ここまでやれるとは思わなかったよ」

「これでも、私は軍学校首席卒業だぞ」

「クロノには負けたけどね」

「ぐぬッ！」

ケイロン伯爵が揶揄するように言うと、ティリア皇女は呻いた。

「仕方がない。ボクも少し本気を出すよ。なるべく、死なないでおくれよ？」

「ふざけたことを！」

ドンッ！　という音と共にティリア皇女の姿が掻き消える。恐らく、神威術を使って爆発的な加速を得たのだろう。切っ先がケイロン伯爵を貫いた。いや、貫いたかのように見えたというべきか。切っ先は虚しく虚空を貫いたのだから。忽然とケイロン伯爵がティリア皇女の背後に姿を現す。

「後ろさ」

「くッ！」

ティリア皇女が振り向き様に剣を一閃させる。だが、ケイロン伯爵の姿はない。背後に現れた時と同じように忽然と消えてしまったのだ。

「ぐぁッ！」

ティリア皇女が叫び、仰け反る。その背中には斬られた痕があった。ケイロン伯爵が斬りつけたのだろう。状況からの推測だ。何しろ、ファーナの目にはケイロン伯爵の姿が映っていないのだから。

ファーナは目を細めた。すると、緑色の光が見えた。光はティリア皇女を囲んでいる。

「がッ！」

ティリア皇女が再び声を上げた。今度は肩から血が流れている。さらに攻撃は続く。見えない手に突き飛ばされているかのようにティリア皇女はよろめき、そのたびに血が流れた。あっというまに血塗れになるが、ファーナはその姿を美しいと感じた。

「トドメだよ」

「そこかッ！」

ケイロン伯爵の声が響き、ティリア皇女は振り向き様に剣を一閃させた。金属のぶつかり合う甲高い音が響くが、そこにあったのは剣だけだった。

「上ッ！」

「正解！　でも、遅い！」

ティリア皇女が天井を見る。すると、そこには天井に片膝を突くケイロン伯爵がいた。手に弓を持っている。精緻な細工の施された緑色の弓だ。神々しささえ感じる。

「死なないでおくれよ？」

「くッ、神器かッ！」

ティリア皇女が左手を掲げると、光の盾が頭上を覆った。やや遅れてケイロン伯爵が矢を放つ。いや、防御するのを待っていたのだろう。緑色の光が降り注ぐ。目を開けているのも難しい光の奔流だ。その光をティリア皇女は受け止めていた。

ピシ、ピシッという音が響く。音はティリア皇女の足下で生じていた。床が圧力に屈してひび割れているのだ。不意に光が消える。ティリア皇女は片膝を突いているものの、無事だった。少なくとも重傷を負っているようには見えない。

「よくも——ッ！」

ティリア皇女は立ち上がり、その場に頽れた。力尽きたのではない。忍び寄ったピスケ伯爵が背中に触れ、魔術を使ったのだ。

「油断大敵さ」

「嫌みかね」

ケイロン伯爵の言葉にピスケ伯爵が顔を顰める。

「そんな滅相もない」

「私とて相手が皇女殿下でなければ……」

ケイロン伯爵が地面に降り立って肩を竦め、ピスケ伯爵は忌ま忌ましそうに吐き捨てる。

「そこは、ほら、計算通りって顔をしておけばいいんだよ」

「私はそこまで恥知らずではない」

ピスケ伯爵はムッとしたように言った。背後から不意打ちをするのは恥ではないのかと思ったが、それを指摘しても仕方がない。恨みを買うだけだ。

「……おのれ、不意打ちとは卑怯な」

ティリア皇女はピスケ伯爵を見上げ、地の底から響くような声で言った。

「負けるヤツが悪いのさ」

「ぐ――ッ！」

ティリア皇女は歯を食い縛り、体を起こそうとした。

「ダメだよ、動いちゃ」

「ぐッ！」

ケイロン伯爵がティリア皇女の頭を踏み付ける。何というか、とても楽しそうだ。

「そういえば皇女殿下に伝えることがあったんだ。実は……クロノの愛人になってね」

「な、んだと？」

ティリア皇女は目を見開いた。よほど衝撃的な告白だったのだろう。

もしかしたら、ティリア皇女はクロノという人物に懸想していたのかも知れない。

いや、きっと、そうだ。その時、何故かアルコル宰相がおずおずと口を開いた。

「クロノとはクロード殿……クロフォード男爵の息子だな」

「それがどうかしましたか？」

「い、いや、お前達は男同士ではなかったかな？」

「クロノは女の子にしか見えないと言ってくれましたが？」

「あ、そ、そうか。まあ、愛人ということならば……」

「彼は素敵だったよ」

ケイロン伯爵はティリア皇女に向き直り、自身の体を掻き抱いた。

「キスしているだけで何度も達しそうになったものさ」

「そ、それが、どうした？」

ティリア皇女は上擦った声で言った。彼女の動揺が手に取るように分かった。

「力ずくで犯されそうになった時は肝を冷やしたけどね。でも、それは最初だけさ。ちゃんと段階を踏んでくれるように頼んだら、了承してくれたよ。ああ、彼は愛撫も上手いよ。ボクの反応を見ながらしてくれるんだ」

「ぐ、ぬッ！」

ケイロン伯爵は勝ち誇った笑みを浮かべた。

「あれ～？　ティリア皇女ったら、ダメージ見え見え？　愛しい彼が、恋する彼が男に寝取られた！　大きなおっぱいをしているのに、あんなに押しつけたのに彼は振り向いてもくれないの、みたいな！　ははは ッ！」

「リオ・ケイロンッ！」

ティリア皇女は立ち上がり、涙目でケイロン伯爵を睨んだ。そこには国を奪われつつある皇女の悲哀はなく、男を寝取られた女の情念だけがあった。しかも、男に想い人を寝取られたのだ。どちらも悲惨なことに変わりないが、後者の方が悲惨に感じる。

「く、クロノはそんなことッ！」

「ふふふ、ティリア皇女は彼のことを分かっていないんだね？　彼にとってはボクも、ハーフエルフも、亜人も、奴隷も、平民も、貴族も、皇女も同じなのさ。だから、彼はボクを抱こうとしてくれた。いや、もしかしたら、彼はボク以上に寂しがりやなだけかも知れないけどね」

「あああッ！」

ティリア皇女は叫び、拳を突き出した。ぺちっ、と拳がケイロン伯爵の頬に当たる。

そして、ティリア皇女はその場に頽れた。どうやら力を使い果たしたようだ。

「……殺しはしないよ」

ケイロン伯爵はティリア皇女を見下ろし、優しい声で言った。

「もしかして、わざと挑発したの？」

「クロノを悲しませたくないからね」

ファーナの問い掛けにケイロン伯爵は溜息交じりに答えた。

「そうか。では、先程の件は嘘だったのだな」

「肉体関係はまだありませんが、それ以外は概ね事実です」

「……そうか」

ケイロン伯爵の言葉にアルコル宰相はがっくりと肩を落とした。

クロノという人物に個人的な思い入れでもあるのだろうか。

「さて、と。ボクとピスケ伯爵は皇女を城の主塔に押し込んでおくよ」

ケイロン伯爵はティリア皇女を担ぎ上げるとピスケ伯爵と共に円卓の間を出て行った。

「では、会議を再開しよう」

アルコル宰相は何事もなかったように言い切った。

「アルフォート殿が皇位を継がれるに当たり、新たな方針を打ち出すべきだと思うのだが、何か意見はあるか？」

アルコル宰相が視線を向けると、軍務局長は静かに頷いた。

どうやら、根回しは済んでいるようだ。

「……私は対外戦略の見直しを要求します。三十年前の動乱により我が国の領土は三分の二にまで縮小しましたが、陛下は領土回復のための戦争さえ認められませんでした」

「だが、自由都市国家群の勢力圏を削るとなれば相応の調略が必要となろう」

「自由都市国家群の主戦力はベテル山脈の傭兵です。ご存じの通り、ベテル山脈は耕作に不向きな土地柄で、そこに住む人々は古くから傭兵として生活の糧を得ております」

ベテル山脈の傭兵は逃げたり、依頼主を裏切ったりしないとされている。

「しかし、ベテル山脈の傭兵を切り崩すとなれば莫大な金が掛かろう？　加えて、自由都市国家群が交易路を押さえている以上、民の生活に影響が出るのは必然」

ベテル山脈の傭兵と交易路の占有——これが自由都市国家群に戦争を仕掛けにくい最大の要因だ。戦争を仕掛ければ物資の流れが止まる。交易で利益を得ている貴族達が反発するのは火を見るより明らかだ。

「もちろん、私も自由都市国家群と戦うつもりはありません。しかしながら、今まで神聖アルゴ王国に攻められても不快感を示すことさえできなかったことを憂慮しています」

「ふむ、民を守るために剣を取ることも必要か」

「その通りです」

重苦しい沈黙が円卓の間を支配し――。

「……アルフォート殿はどのようにお考えか？」

「え？」

唐突にアルコル宰相に問い掛けられ、アルフォートは驚いたように声を裏返らせた。

「え、あ、その……帝国は神聖アルゴ王国に何度も攻められて、攻められっぱなしな訳だし、不快感を示した方がいいと思うんですけど」

アルフォートの言葉にファーナは頭を抱えたくなった。今のアルフォートは次期皇帝なのだ。次期皇帝が不快感を示した方がいいと言えばそれは開戦を認めたことになる。

「おおッ！　アルフォート殿がそこまで決意されているのであれば話は早い。アルフォート殿も皇位を継承するとなれば実績が必要となるはず」

「え？　ええ？」

困惑するアルフォートを無視して話は開戦へと傾いていった。

※

会議が終わり、円卓の間に残っているのはファーナとアルコル宰相だけになった。

「……意外ね」

「何がだ」

「貴方ならティリア皇女を上手く扱えると思っていたのよ。それなのに――」

「アストレア皇后の影響力を強めたくないのでな」

「その時のためにアルフォートを産ませたんでしょ。反乱の旗頭として利用するために」

「そうだが、運よく陛下の遺言書が手に入ったのでな」

アルコル宰相は溜息交じりに言った。彼はアストレア皇后を警戒している。

病的といってもいいほどだ。どうして、そこまでアストレア皇后を警戒するのだろう。

彼女の影響力は失われて久しいというのに――。

「正気を失った陛下を利用しただけじゃない。ひどい裏切りよ」

「儂はあの女の影響力を排するためなら何でもやる。それが陛下への裏切りであっても」

アルコル宰相は低く、押し殺したような声で言った。

「どうして、そこまで……」

疑問を口にすると、アルコル宰相は難しそうに眉根を寄せた。

「お主は知らんだろうが、三十年前に内乱を引き起こしたのはアストレア皇后なのだ」

「陛下は無能だから反乱を引き起こされたとばかり思ってたわ」

「お主もひどいことを言う」

「ひどいことをされたんだもの。これくらい言う資格はあるわ」

「そう、だな」

アルコル宰相は呻くように言った。他人を切り捨てるという決断を行える人物ではあるが、情がない訳ではない。だからこそ、ラマル五世は信頼していたのだろう。

「陛下はアルフォート殿に皇位を譲るつもりでいたのだ。無能な自分が皇帝になるよりも優秀な弟が皇位を継いだ方がいいと考えられていた。反対する者も多かったが、陛下は一人一人説得して回った」

だが、とアルコル宰相は続けた。

「結局、儂らは一枚岩になりきれなかった。不満を口にするアストレア皇后に心の何処かで共感していた。だから、内乱が起き、アルフォート殿は処刑された」

「アストレア皇后は不満を口にしただけなの？」

「さて、何処まで関与していたのか」

アルコル宰相は小さく頭を振った。ファーナは彼の一面を理解できたような気がした。彼はアストレア皇后を憎み、今も手の平で踊らされているのではないかと疑っている。恐れているといってもいいかも知れない。さらに罪悪感を抱いている。

内乱を止められなかったことではなく、内乱に発展するのを止めなかったことにだ。

それらの感情がごちゃ混ぜになり、ティリア皇女を陥れずにはいられなかったのだろう。

「……戦争も何でもやるの一つなの？」

「敵に勝つためという大義名分があれば、アルフォート殿を中心とした国家体制に移行させるのも難しくなかろう。もちろん、帝国が防備を固めているだけではないと周囲に示す意図もあるが……」

「ティリア皇女はどうするつもり？」

「しばらくは主塔に閉じ込めておく」

「その後は？」

「……」

アルコル宰相は押し黙った。恐らく、殺すには惜しいと考えているのだろう。

本人は認めないかも知れないが、彼は吝嗇家だ。利用価値があるものを簡単に捨てない。

「お主の希望は？」

「そうね。結婚させちゃえばいいんじゃない？」

「他国に嫁がせても、国内の貴族に嫁がせても厄介なことになる」

「そうとも言い切れないでしょ」

「何故、そんなことが言える？」

「女の勘よ」

「……」

アルコル宰相は無言だった。無言で顔を顰めている。失礼な男だ。

「監視を付けて帝都から放逐すれば大丈夫よ」

「……考えておこう」

彼は少し間を置いて答えた。ファーナにできるのはここまでだ。

あとはアルコル宰相次第だが、願わくばティリア皇女には愛する男と添い遂げて欲しい。

自分にだって恋する乙女を応援する資格くらいあるだろう。

※

イグニスは丘の上から湖畔に広がる美しい街並みを眺めた。神聖アルゴ王国王都カノプス——初代国王は山間にある湖の美しさに心を打たれ、この地を王都に定めたと伝えられているが、真偽は定かではない。

恐らく、初代国王は大軍で攻め込むのに適していない地形と考え、この地を王都に定めたのだろう。だが、こうしてカノプスの街を見下ろしていると伝承が事実ではないかという気がしてくる。将軍に相応しくない考え方だ、とイグニスは練兵場で訓練に励む兵士に視線を移す。歩兵が四千、騎兵が千——合計五千からなる軍だ。

風が吹き寄せ、右袖がはためく。イグニスは顔を顰め、右袖を掴んだ。苦い記憶が甦る。

半年前、イグニスはレグルス王太子と共にケフェウス帝国に侵攻した。

レグルス王太子の武勇を示すことで発言力を高め、神殿に対抗するためだった。

神聖アルゴ王国は神殿の権威を背景に国を纏めてきた。

最初は上手くいっていたというが、イグニスはその時代を知らない。

物心付いた頃には神殿は祭祀を名目に国政に介入していた。現在はもっとひどい。

常備軍の四割を支配下に置き、寄付の名目で税収の二割を掠め取っていく。

侵攻が上手くいけばこの流れを止められた。止められなくても緩やかなものに変えられたはずなのだ。それなのにイグニスは負けた。歯を食い縛り、右袖を強く握り締める。

「失った右腕が、右腕が疼くぅ」

「……」

茶化すような声が響き、イグニスは無言で丘の麓を見つめた。そこでは露出度の高いドレスに身を包んだ女が酒瓶を片手に座っていた。波打つような黒髪の持ち主だ。目元は優しげだが、その漆黒の瞳には魂の奥底まで見透すような光が宿っている。彼女は漆黒にして混沌を司る女神の神威術士だ。さらに漆黒神殿の大神官——最高権力者でもある。

「大神官殿、私は」

「『ババア』で、『俺』の方が好みなんじゃが？」

「二十年以上も前のことをぐちぐちと」

イグニスは歯軋りした。漆黒神殿の大神官——ババアは出会った頃と何一つ変わっていない。民草に交わり、酒と引き換えに神威術を行使する。幼い頃は才能を浪費するようなババアの生き方に憤りを覚えたものだが、今は羨ましいとさえ思う。

「お前が望むのならば、その右腕を再生してやっても構わぬぞ？」

「余計なお世話だ。俺は自分の無能で右腕を失ったんだ。それに……」

「それに？」

ババアはイグニスの答えを期待するかのように目を細めた。

「死んだ兵士が戻ってこないのに、俺が右腕を取り戻していいはずがない！」

「くはははッ、見事に意地を張ったものよ！」

イグニスが怒鳴ると、ババアは酒瓶を抱えて転げ回った。

「神殿を引き剥がさんと、この国は終わるぞ」

「それは私も分かっている」

突然、ババアが真剣な表情で言ったので、イグニスは将軍らしい言葉遣いで返した。

「だが、焦ってはならん」

「言われなくても分かっている」

イグニスはムッとして言い返した。ババアの言葉が半年前の侵攻を非難しているように感じられたのだ。今にして思えばもっと慎重に行動すべきだったと思う。気が急いていたのか、自分の力を過信していたのか。あるいはその両方か。いずれにしても大失態を演じたことは間違いない。

「地道に努力せい、地道に」

「分かっている」

やはり、ムッとして返す。せめて内政に専念できればと思うが、今の状態では無理だ。

国境付近ではケフェウス帝国との小競り合いが続いている。

将軍職にあるイグニスはいつ呼び出されるのか分からないのだ。

「一体、どうすれば……」

イグニスは天を仰いだ。

終章『予感』

帝国暦四三〇年十二月初旬――クロノは書類に署名し、署名済みの書類の上に重ねた。露店の営業許可に関する書類だ。審査が緩いこともあってか、希望者は後を絶たない。数字的には微増を続けているという感じだが、確かな手応えを感じる。

とはいえ、楽観はできない。農民も、農作物も有限なのだ。頭打ちになる日は必ず来る。対策を講じなければならない。そんなことを考えていると、扉を叩く音が響いた。大きすぎず、小さすぎず、絶妙の力加減だ。この叩き方はアリッサに違いない。

「どうぞ！」

「失礼いたします」

クロノが声を張り上げると、静かに扉が開いた。アリッサが恭しく一礼して入室する。

「旦那様、帝都から書簡が届きました」

「持ってきて」

「かしこまりました」

　アリッサはしずしずと歩み寄り、机の上に書簡を置いた。クロノが書簡を開く頃には机から離れた場所に移動している。苦笑しながら書簡に視線を落とし、立ち上がった。ハッとした表情でアリッサがこちらを見る。

「アリッサ、ミノさんを……いや、僕が直接行く」

「承知しました」

　口調から察してくれたのだろう。アリッサは素早く一礼した。クロノはマントを羽織り、執務室を飛び出した。嫌な予感はしていたのだ。皇帝の崩御、ティリアが病気で倒れたこと——全てが繋がっているような気がした。

「けど、まさか……」

　神聖アルゴ王国と戦争なんてという言葉をすんでの所で呑み込む。いずれバレるにせよ、ミノと話すまでは黙っておくべきだろう。

　くそッ、とクロノは小さく悪態を吐いた。

あとがき

このたびは「クロの戦記3　異世界転移した僕が最強なのはベッドの上だけのようです」をご購入頂き、誠にありがとうございます。1巻、2巻を購入して下さった皆様、ありがとうございます。お陰様で売れ行き好調です。担当S様、お力添えを頂き、誠にありがとうございます。エレナはどんな服装がいいですかと尋ねられ、貞操帯と答えた後の沈黙が忘れられません。むつみまさと先生、今回も素敵なイラストをありがとうございます。キャラデザ、口絵、挿絵、いずれも素晴らしいと思います。女性キャラも素敵ですが、男性キャラも素敵です。特にイグニス将軍の神経質そうな所なんて最高だと思います。最後に4巻について——戦闘パートです。クロノ達の活躍をご期待下さい。

別件ですが、HJノベルス様より「アラフォーおっさんはスローライフの夢を見るか?」の1巻、2巻発売中です。この機会に手にとって頂けると嬉しいです。

HJ文庫
874
http://www.hobbyjapan.co.jp/hjbunko/

クロの戦記3

異世界転移した僕が最強なのはベッドの上だけのようです

2020年4月1日　初版発行

著者――サイトウアユム

発行者―松下大介
発行所―株式会社ホビージャパン
〒151-0053
東京都渋谷区代々木2-15-8
電話　03(5304)7604（編集）
　　　03(5304)9112（営業）

印刷所――大日本印刷株式会社

装丁――木村デザイン・ラボ／株式会社エストール

ISBN978-4-7986-2187-6　C0193